致未曾謀面的丈夫，我們離婚吧！

下

Haikei Mishiranu dannasama Rikon shite itadakimasu

久川航璃

Kori Hisakawa

輕文學
Light Literature

Haikei Mishiranu danuasama Rikou shite itadakimasu

下

目錄

第四章　新的領地問題及賭注的終焉

前往斯瓦崗領地的那天，從一早就滴滴答答地下著雨。

蓋罕達帝國的帝都位於大陸偏北的地方，環繞般聳立在都城周圍的山脈是米特爾山群，作為天然要塞守護著帝都，也可說是守護著帝國。利用群山之間相對平緩的地形進行開拓的帝都，不但夏季短暫，就連秋天也不長，嚴冬的時節很快就會到來。

從刻有伯爵家家徽的豪華馬車中，隔著小窗戶眺望模糊不清的帝都，拜蕾塔靜靜地垂下紫晶色的雙眼。馬車內不但裝潢得很精緻，還鋪滿了軟墊，坐起來應該頗為舒適才是，然而車內卻只迴響著馬車行經水窪的聲音，籠罩在一陣甚至教人感到鬱悶的沉默之中。

明明跟上星期一樣是搭乘馬車前往領地，氣氛卻明顯截然不同。

是因為感覺只會一直抱怨的公公瓦納魯多不在的關係嗎？

還是因為不同於那時，拜蕾塔對丈夫所抱持的感情已經有所改變的關係呢？

看著坐在對面的座位，雙手抱胸並閉上雙眼的丈夫——安納爾德那副格外端正的相貌，拜蕾塔悄悄嘆了一口氣。

安納爾德・斯瓦崗。

他是有著蓋罕達帝國陸軍騎兵聯隊隊長頭銜的俊美中校，一頭略長的灰髮，以及那雙目光銳利的細長祖母綠眼，讓人帶著敬畏地稱他為「戰場上的灰狐」。有著這番輝煌的戰績及容貌的男人，卻是個差勁透頂的丈夫。

對他的好感度打從一開始就是落在最低點才對，就算有提升了一點也只是轉瞬之間，對他的評價依然是「差勁透底又恣意妄為，態度傲慢而且不聽人說話」的男人。

上戰場那八年當中，就連一封信也從來沒有捎回來過的，素未謀面的丈夫。

伴隨著羞恥與憤怒，還搞不清楚狀況就以度過一個月夫妻生活為條件下了賭注，但那期限也只剩下一個多星期而已——只要沒有懷孕，便能就此離婚。距離拜蕾塔確定獲得勝利，還剩四分之一的時間。

這應該是讓人純粹感到開心的事情，而非內心懷著難以排解的鬱悶。即使如此，自從慶功宴那件事情之後，一直堆積在心底的不快感遲遲沒有散去。

安納爾德在慶功宴時把妻子當免費娼婦一樣對待，終究跟那些輕信拜蕾塔負面傳聞的男人們一樣……明明，只要嫌棄他這個爛男人就好。

到頭來，就連要跟他說話都覺得煎熬，兩人之間只有最低限度的對話。也不知道他是不是覺得妻子還是不要開口說話比較好，同樣沒有主動搭話。

雖然他本來就不是一個活潑開朗的男人，但看著他跟上次一樣輕閉雙眼的身影，拜蕾塔覺得很煩躁。自己絕對不是在期待能跟他有什麼開心的對話，即使如此，他沒有任何顧慮自己心情的表現，就讓人覺得真的只是貪圖這副身體而已。不，從現在的狀況看來就是如此吧！既然是想離婚的對象，反倒是這樣就好了。拜蕾塔勉強這麼說服自己，並將思緒切換成「現在是因為另一件事情而感到生氣」。

前幾天才剛回來而已，現在又被叫去領地實在很令人火大——自己明明既不是領主代理，也不是輔佐官。

回想起公公送來的傳喚書簡內容，拜蕾塔不禁嘆了一口氣。

『坐擁溫泉地的區長們針對斯瓦崗領地的水利工程發起了反對運動，立刻過來解決這個問題。』

慶功宴過後，就從管家杜諾班手中接過一封印有伯爵家家徽封蠟的信件。聽聞這是從領地快馬送來時，拜蕾塔就產生不祥的預感了。看著信件內容，感覺好像都能聽見公公那道命令人的高壓語氣。

就斯瓦崗領地的特性看來，本來就有預期到這是必然發生的問題，但時機未免來得太快了。

斯瓦崗領地主要的收入來源在於坐擁豐沛地熱資源的溫泉地，也以皇家貴族的溫泉療養之地而聞名，在戰爭期間一樣是人氣不減；因此，即使領地穀物稅收有所減少，也足以填補缺口。

正因如此，溫泉地的區長們有著絕大的聲量；就算是領主，也不能怒斥一聲就無視他們的意見。

然而，現況也讓人打從心底想質問公公：「這究竟是誰的領地。」

但就算真的問了，應該也只會得到「既然是嫁過來的，就為家裡做點事」這樣的回答吧！

拜蕾塔既是經營洋裝店的老闆，也是持有大規模製衣工廠的廠長。要是再不到職場露面，祕書恐怕都要衝進家裡罵人了，但也不能對信件上傳來的那股無言壓力置之不理。

所以才會在慶功宴結束之後過了幾天，就搭上前往領地的馬車了。而且安納爾德還不知為何一副理所當然的樣子跟過來。拜蕾塔甚至忍不住開口，向他確認是否知道這輛馬車的目的地是要去領地，但他也只是點了點頭，沒有要下馬車的意思。

於是兩人就這麼氣氛沉重地搭著馬車。

自從慶功宴的隔天以來，就跟他處於冷戰狀態；不，應該說是拜蕾塔單方面感到氣憤不已。

那天——在慶功宴會場庭院那種地方粗魯地被強要了身體之後，隔天早上拜蕾塔帶著滿滿的怒氣拿起枕頭就朝丈夫的臉砸了過去，但他只是一臉蠻不在乎地承受下來而已。面對明言討厭在戶外做那種事的自己，他卻不疾不徐地說在賭注字據上並無提及這一點。

兩人之間確實有著「度過一個月的夫妻生活，端看有沒有懷孕」這番簡直無視人權的賭注，寫下這個賭注的字據上確實也沒有特別指定時間及地點。

即使如此，那依然是教人難以信服的行為。拜蕾塔表現出決不退讓的態度，因此妥協的人是丈夫；瞪著要他出去之後，安納爾德依然面無表情地就此離開房間。

那個時候，注視著他背影的拜蕾塔認為自己其實是想聽他說個藉口也好。

他要是多少有關心一點自己的心情，想必就不會產生那麼難堪又懊悔的念頭了。

沒錯，不知為何，拜蕾塔覺得懊悔不已。

竟然在慶功宴會場的庭園那種任何人都有可能會過來的地方，就像在展現給別人看一樣地粗魯地強要了身體……那正是宛如娼婦一般，總覺得就像被他輕蔑地認為「妻子不過就是這種程度的存在」。

這讓人鮮明地回想起他在晚宴的露臺上，聽到友人將妻子形容成免費娼婦的說法時，也表現出認同的反應。

可以感受到那股懊悔，正是因為內心浮現了對丈夫的信賴，卻也是在那個瞬間確定遭到他的背叛。安納爾德從來不說其他沒必要的事情，但這樣的態度讓自己覺得相當煎熬。

然而一從沉思回神的瞬間，拜蕾塔的雙眼燃起熊熊怒火，再次從丈夫身上轉而看向馬車外頭，同時緊握了拳頭。

這沒什麼，就跟平常一樣——拜蕾塔就像在說給自己聽似的這麼暗忖著。

反正從以前開始，就因為這副招搖的容貌，害自己在社交界的名聲遭到貶低，謠傳她把許多男人耍得團團轉，更與舅舅、公公以及其他男人間有著肉體關係……雖然這些全都是不實謠言，但至今都不曾去否認這些傳聞的，也是拜蕾塔。

所以就算丈夫就這樣產生誤會，逕自以為拜蕾塔是個猶如娼婦的惡女，也不會造成任何影響。沒必要生氣，更遑論為此感到悲傷了。自己早就知道丈夫是個恣意妄為、傲慢，而且還會自私地對待妻子的人。

反正這場賭注也要結束了。

然後就能在夢想中的世界重獲自由，不受丈夫跟夫家的束縛，靠著做生意自立地活下去。只是實現了從小至今的夢想罷了。

自己懷著勝利的確信並露出微笑的表情倒映在馬車的車窗上，但不知為何，看起來卻像是哭得很難看似的扭曲。

無意間，拜蕾塔回想起啟程前一天與舅舅薩繆茲見面時，他所說的話。

『妳感覺好像現在就要哭出來一樣呢。』

那時靠著一股驕矜，拚命讓自己振作起來。因為無論如何，都無法容許自己或許有著一如他所言的這番脆弱的一面。

離開帝都的前一天，就按照在慶功宴上約好的，來到餐廳與舅舅薩繆茲・艾德見面。

比約定時間還早了一點抵達的拜蕾塔一邊喝著茶，想著還是無法原諒丈夫在慶功宴那晚的態度，並煩躁地撩起一頭莓果粉金的長髮。

「妳看起來心情很不好的樣子，怎麼了嗎？」

「舅舅大人！」

正拿著茶杯就口的拜蕾塔抬起臉來，放下茶杯時不禁發出一道響亮的鏗鏘聲，但這就裝作沒發現吧。

穿著深灰色西裝的薩繆茲在對面的空位就座。他應該是剛去談完生意吧，散發出的沉著氛圍與其說是精明的商人，感覺更像個官僚。一頭接近黑色的焦茶髮絲梳理得十分整齊，精心表現出乾淨清爽、個性認真的一面，也令人深感欽佩。他常會笑彎一雙翡翠色的眼睛說著「信用第一」，確實是很有說服力。

那個可疑的丈夫可就差得遠了。拜蕾塔擅自拿他出來相比，並不禁皺起了臉。

「我以為他也會一起來呢。」

「丈夫也是個大忙人，總不可能無時無刻都黏著妻子吧。」

「是喔？他感覺就會一直跟在妳身邊的說……」

聽薩繆茲這麼說，拜蕾塔不禁陷入沉默。確實被他說中了，而且自己堅決無法接受這件事。

既然得知丈夫已調查過自己的背景經歷，拜蕾塔也不再向他隱瞞工作上的事情，於是語氣平淡地說出自己有一小間洋裝店，現在身為經營者並聘雇人員管理，並營運一間裁縫工廠量產成衣，甚至有部分訂單來自軍方，大量銷售軍人的襯衫及外套等等。原以為他會不禁皺眉，沒想到安納爾德只是面無表情地聽完這些事情。

本來想說他要不是瞧不起妻子出外工作，就是會想強奪利益之類，總之應該會做出令人惱火的反應，實際上竟然僅表現出淡漠的態度。

儘管這反而讓拜蕾塔感覺有些掃興，還是坦白地跟安納爾德說「接下來要去談生意」，結果至今都表現出一副完全不感興趣的他，就鬧起脾氣說要同行。

面無表情的丈夫鬧起脾氣的樣子，可以說是令人毛骨悚然。

兩人的意見遲遲沒有交集，拜蕾塔便拋下一句「隨便你」就出了家門直到現在。雖然是只有自己一個人搭上馬車，但莫名覺得他人應該就在這附近。

感覺就像得到一隻不得了的忠犬一樣，但完全不會聽從飼主的話，所以大概只是一隻笨狗吧。不對，那個人狡猾的程度在戰場上有狐狸之稱，也就是說，應該有著什麼隱情才對。然而說到頭來，明明只把人當成洩欲的手段，卻又做出這些完全無法理解的舉動，著實讓人在精神層面感到疲憊不堪。

既然認為妻子是免費的娼婦，平常別多加干涉不就得了。難道是為了當他想要時隨時可發洩而如影隨形嗎？

即使如此好了。

那又怎樣？無論丈夫是怎麼想的，都跟自己沒關係才對。這麼一想，唯獨氣憤的情感漸漸在心底累積起來。

「跟平常一樣給我兩份招牌。」向服務生點餐之後，舅舅面帶笑容重新看向拜蕾塔：「拜蕾塔，在聽妳商量事情之前，可以跟我好好說明一下你們之間的關係嗎？應該不只是普通的夫妻而已吧？」

儘管看起來不太能接受，但應該是察覺到丈夫確實不在身邊吧。心情雖然好多了，然而面對突如其來的攻擊還是讓拜蕾塔不禁沉吟。不過在慶功宴那晚，約好今天要見面的那時候，確實就有預測到事情會變成這樣，這想必是令舅舅最為掛心的事。

明知不能給處理工作總是分秒必爭、忙碌不已的薩繆茲添麻煩，但畢竟是那樣的內容……不但想盡全力蒙混過去，也想逃離這個話題——可以的話，實在很不想說出口。

「只要是政治婚姻，應該每一家多少都有些複雜的隱情吧。」

「複雜的隱情是吧？但我想知道的就是那個隱情啊。」

「可以先談談我想找您商量的事情嗎？」

「妳如果覺得自己逃得了，可就要針對妳的輕慮淺謀說教一番囉。」

可以看見舅舅流露精光的雙眼中，蘊藏著作為商人毫無破綻的堅強實力。自知沒有後路的拜蕾塔也只能死心。貴為海雷因商會這個大規模商店會長的舅舅，不可能輕易放過自己。

「請您聽了不要生氣喔。」

「換句話說，是會讓我生氣的內容吧。」

「我是希望……沒這回事，但這確實並非大眾都能接受的事情，就是……我跟安納爾德下了一場賭注。」

「下了賭注？這件事本身並沒有什麼好生氣的，但也是端看條件呢。」

「那個……我提出想離婚的要求之後被他拒絕……所以在談了很多之後，不知為何變成要跟他賭這一個月……啊，舅舅大人，桌上還有飲料，請你聽了不要突然站起來喔。」

「真是吊人胃口啊，到底是怎樣的賭注？」

「所以說，就是……呃，該怎麼講才好呢……這一個月要跟他共度夫妻生活，如果沒有懷孕就算是我贏得勝利，他便會同意離婚。」

「……也就是說，在這一個月內無法離婚是吧。」

薩繆茲盡力嚥下最一開始感受到的衝擊，呢喃般地這麼說。應該是在反覆思量慶功宴那晚，安納爾德一副勝券在握般在中庭對舅舅說過的那番話吧。

「那麼，妳想必是有獲勝的把握吧？」

「這是當然。所以這件事情就別再提了吧，下次見面時就會向您報告已經跟他離婚了。」

「說是這麼說，但妳感覺好像現在就要哭出來一樣呢。」

拚命地隨口應了一句「別開玩笑了」，拜蕾塔總算談起今天要找舅舅商量的事情。

「希望舅舅可以幫我準備大量的蒂法石。」

「妳巧妙地轉移話題了呢。算了，這沒問題，但妳為什麼需要那種坑坑洞洞的石頭？這次是想建造什麼東西啊？」

蒂法石是一種在帝國南部的山岳地帶可採集到的多孔質石頭，由於經過乾燥之後質地會變硬，因此自古以來都是當作建材使用，但無論怎麼切割都是坑坑洞洞的，也無從填補。

蒂法石獨特的紋路及材質皆備受注目，是南部主要的石材之一。以一種建造用的大型石材來說，價格並沒有特別便宜，但拜蕾塔想要的粉末及碎石就沒那麼值錢了。平常幾乎都是被當成碎屑處理。無論如何，只要舅舅出面，要準備大量的蒂法石根本輕而易舉。

薩繆茲好像覺得很有趣的樣子，雙眼都亮了起來。光是如此，拜蕾塔就如同已經順利談成這場交涉了。

想跟舅舅談生意的時候，先一點一點放出情報，循序漸進地讓他答應的做法比較確實。要是打從一開始就說出詳情，常常都會被反將一軍，以至於無法達成最終目的。就算是親人，在商言商的他同時也是個嚴格的師傅。

「在揭曉前就敬請期待囉。有些事情我想到斯瓦崗領地確認一下，不過到最後勢必會對舅舅大人有利喔。」

拜蕾塔露出無所畏懼的笑容，但舅舅只是苦笑著點了點頭。

「好吧，我就答應妳這件事。不過啊，對於個性倔強的妳來說可能滿困難的，但這世上有些事情還是會比自己的自尊心、夢想以及自由更加重要。拜蕾塔，妳一定要得到自己真正想要的東西。別做出會讓自己後悔的決定，知道嗎？」

這些話就像是在對此時拚命撇開視線，表現出一副滑稽模樣的拜蕾塔的一番勸勉。

雖然被催著要趕緊過去，結果還是在路途間找個地方留宿一晚；經過兩天的時間，從帝都抵達斯瓦崗領主館時已是傍晚時分。接獲聯繫的執事長巴杜早在玄關前低頭等候了。

他的年紀雖然跟公公差不多，但總是挺直背脊，管理整個宅邸大小事的那份威嚴依然不減。然而柔和了一些的模樣也讓人不禁苦笑。

明明才過不到十天的時間，總不可能有多大的改變，但總覺得他的神情比以前開朗多了，大概是不再有所隱瞞的關係吧！

「歡迎兩位的蒞臨，近來都還好嗎？」

「巴杜……你這樣問感覺很像在挖苦耶。」

「我並沒有那樣的意思。話說回來，老爺有事託我要轉告您。」

在讓安納爾德牽著下馬車後就環視四周的拜蕾塔面前，執事長面無表情地低下了頭。

「是不是不太好的事情呢？」

「算是吧，老爺此時並不在領主館裡。」

「你說什麼？」

把人叫來，自己卻不在領主館內是怎樣？

「老爺在溫泉地那邊的迎賓館等候兩位，並吩咐在那之前請先掌握整件事的狀況。」

強忍下想大聲怒吼的心情，拜蕾塔簡單扼要地說：

「那是誰要代替父親大人說明現在的狀況呢？為了讓水利工程進行下去，我想了解一下堤防現場的情形。」

總之，自己只想趕快解決這件事情並返回帝都。

「關於這件事，剛才——」

「我也是剛抵達這裡。」

從領主館後方現身的高挑男人——蓋爾．亞達魯丁語氣平穩地招呼道。他有著一頭偏紅的褐髮以及褐色眼睛，經常曝晒在陽光底下的剽悍面容也跟之前見面時一樣。

他本來是鄰國納立斯王國的騎士，之前基於一些原因跑到斯瓦崗領地竊盜穀物，但他現在跟巴杜一樣，露出神采奕奕的表情。

「是亞達魯丁先生啊，太好了，可以請你立刻跟我說明一下嗎？」

自從襲擊領主館的那晚過後，蓋爾立刻就被任命為水利工程的總負責人，後來好像在公公的指揮之下，已募集人才、實際開始動工的樣子。蓋爾獨自監督好幾處施工現場的表現，也能從巴杜捎來報告進度的信件中得知；據說工程的進展相當顯著。

「拜蕾塔小姐，先前就有請妳用名字稱呼我就好了吧。」

「這麼說來確實如此，蓋爾先生。」

對於彼此的稱呼方式，在他們襲擊領主館的隔天交談時爭了一陣子之後，就以「蓋爾先生」及「拜蕾塔小姐」定案。基本上是因為他強烈主張希望能站在朋友立場，以名字稱呼對方。然而對拜蕾塔來說，儘管他已經脫離了祖國，還是難以對曾任騎士之人直呼名諱，於是堅持不能省去稱謂的結果就是這樣了。思及他的立場，總覺得還是太過親暱，不過想以名字稱呼彼此，也是出自他本人的強烈期望。

「沒關係。不過像這樣找妳過來真是抱歉，儘管我向領主大人確認，他也只說這是妳的工作……我應該要更加盡力處理才是。」

「不，我確實有預測到這個狀況。只是時機來得太早，讓我感到有些驚訝。這應該也是多虧了蓋爾先生的工作效率吧。」

「我應該要把事前交涉做得更澈底一點才對。」

「說到頭來，這其實是父親大人要處理的工作，你不必放在心上。」

如此斷言之後，蓋爾微微瞇細雙眼並揚起輕笑。

「面對領主大人，妳還是一樣強勢呢。為了妳，我會盡一己之力。」

可以的話拜蕾塔真希望他不是為了自己，而是為了領地盡力，然而面對蓋爾率直的目光，這些話也頓時說不出口。

「待在這邊也沒辦法好好談，我們還是先進去吧。」

「也、也是呢。」

聽見安納爾德立刻做出這樣的提議，讓拜蕾塔不知為何鬆了一口氣。下意識表示同意之後，就催促著巴杜進入領主館內。走在身後的蓋爾也向安納爾德搭話道：

「你還在休假期間嗎？」

「是的。」

「假期真長呢。」

「在戰場上待了長達八年，假期也理應會比較久。」

「那真是太好了。」

「謝謝。」

夾在和藹地交談的兩人之間，拜蕾塔不知為何產生了一股背脊發涼的感覺。抱持求救的心情朝著巴杜看去，他卻一臉悲痛的樣子搖了搖頭。

這是什麼意思啊？但不知為何，這樣的反應確實讓人產生了像是遭到切割背叛那樣的心情。

接著，三人便在領主館的會客廳圍著桌子就座。

拜蕾塔的身邊是安納爾德，對面則坐著蓋爾，巴杜要女僕去泡茶，並靜靜地站在一旁。

看準了大家都拿到茶之後，拜蕾塔開口說：

「那麼，就請你立刻回報一下狀況吧！在討論溫泉地區長訴求這個正題之前，我想先了解一下現階段堤防工程的問題點以及工程進度，之後也會向父親大人報告。我想現在總之要先盡快掌握問題點並採取行動，再麻煩你了。」

對著蓋爾露出滿面笑容，並要他說下去。既然公公不在領主館內，就代表事情可以照著拜蕾塔的意思進行。

「那麼，關於至今的工程進度狀況……」

蓋爾一開口就讓拜蕾塔拋開雜念，氣氛也立刻緊繃了起來。

首先是從鄰近的村子招募男丁，然而那些從戰場歸來的士兵們雖然補足了人手，卻造成治安惡化。

另外，在沿著河川建造的堤防中，有幾處完工許久、如今狀態已變得脆弱的部分，需要補強。

更重要的是一著手進行水利工程，就出現溫泉設施水量減少的抗議聲浪。由於溫泉稅會帶來莫大收益，要是跟這個主要產業之間產生摩擦，將會演變成一大問題。

「所以溫泉水量減少的原因，在於我們這邊的水利工程給那邊的溫泉地帶來影響嗎？」

「是的，為了說明得更好懂，請先看看這邊。」

蓋爾應該事先有跟巴杜討論過了吧，一朝著站在旁邊的執事長看過去，他便指向掛在牆上的那面地圖。

「這是領地的地圖。這邊是溫泉地，這邊則是計畫進行水利工程的地點。由於這個地方有部分堤防年代久遠，現在正急忙進行補修措施。這裡有一部分已經開始動工了。

而從這邊開始，就是今後工程計畫要做下去的地區。」

上次來訪的時候，有找到三代以前的斯瓦崗領主曾進行過水利工程的老舊記錄。當時就催著公公趕緊確認現存的堤防，也順便提案了當務之急的堤防設置場所，這項計畫現在也並沒有太大的變動。那時候建議要以特別容易發生水災的地區，重點式建造堤防並改變水流方向，還有挖出溝渠便於將河川分流之類，但現在不過才執行了一部分而已。

主要是改變沿著山岳的那些山間小河的流向，避免讓所有水源都一口氣集中在下游。看來地圖上的紅色虛線是指年久失修的堤防所在地，紅色線條則是現在動工的地方。綠色線條大概是今後計畫要建造堤防的地點吧？

然而這些標示出來的地方都跟溫泉地相隔了好一段距離。

「這樣看來似乎沒有直接的影響啊？」

「然而這邊的溪水是含有許多溫泉成分的溫泉水，似乎是改變了泉源流向的樣子。」

蓋爾標示出上游的水利工程位置，用線連起來的話好像確實會影響到旁邊的溫泉地。

「要建設堤防時應該有先調查過水質及流量才是。我聽說是用以前調查過的為基準進行追加的形式，怎麼會事後才突然發現呢？」

「似乎是當初雨水含量比較多，但水質不知道是什麼時候產生了改變的樣子。由於是用以前水利工程的資料為基準，因此無法確定是在動工之後才湧出泉水，還是本來就有了。據說現在是溫泉含量較為豐富，並流向旁邊的溫泉地，也有收到現在正在建造地方好像有溫泉滲進來的報告。」

「原來如此，所以區長們才會說溫泉水量減少是吧？」

「是的。另外，現在正在建造新的水利工程基地，但也接獲才剛送來的建材一浸泡到河川裡就變得相當脆弱的回報。」

斯瓦崗領地的溫泉泉質腐蝕性很強，劍一泡進去很快就會變得斑駁。溫泉會與積累的雨水跟淡水混在一起，流向溫泉地。拜蕾塔曾到溫泉地參觀過一次，光是靠近那塊區域就能聞到那股異樣的氣味。要是那樣的泉水流入在進行堤防工程的河川，即使是新送來的建材也確實會變得脆弱不堪。

「看樣子還是要視現場狀況，再來討論能否將泉水的流向改回去呢，可以立刻動身嗎？」

「最近連續下了好幾天雨，我認為先觀察一段時間再說。除此之外，紛爭變多也是一大問題。」

「紛爭？」

「當地的領民跟從戰場歸來的歸還兵之間常會起爭執，現狀是由我的前部下以及其屬下進行巡邏，但我們這邊的人手也不太夠……既然是要值得信用的人，數量也相對有限，因此想再找些新人加入也有困難……」

蓋爾語帶含糊地開口這麼回答。

蓋爾曾任納立斯王國重機部隊的補給隊長，如果是他的部下確實值得信賴。雖然要相信一群穀物盜賊說來也有點奇怪，然而這幾年來蓋爾他們都會協助修繕道路橋梁，不但已經在這片領地扎根，看起來也跟居民們處得很好的樣子。然而人數還是壓倒性地少。

「畢竟是從戰場歸來，也有很多人是懷著心病，很難將責任全數歸諸當事人就是了。」

「這樣啊……我聽說帝都也是苦惱於從戰場歸來的歸還兵所引發的問題，這件事有沒有什麼解決辦法呢？」

從戰場歸來的士兵當中，許多人都因為悽慘的記憶而罹患心病，雖然是勞工人口，卻無法在那樣的狀態下工作的樣子。也有不少人是因為無法抑制狂暴的情緒而犯罪，就連帝都的報紙都連日報導著這些事情。之前，拜蕾塔也在帝都的路上幫助了一位遭到歸還兵糾纏的少女。

軍方似乎是有在處理這個狀況，但聽說效果不彰。

「畢竟那些從戰場歸來者內心所懷抱的煎熬，就只有曾上過戰場的人才會知道。即使如此，去辱罵其他守護著這片領地的人是膽小鬼什麼的，那又是另一個問題了。現在雖然有想辦法控制住，但也只是治標不治本。」

「可以打個岔嗎？我有一個提議。」

在陷入沉思的拜蕾塔身邊，丈夫舉起手這麼說。

舉起單手的安納爾德一如往常，是一副面無表情的樣子。

他想必是在思考的時候，就沒有做出表情的餘裕了吧？非得刻意去做，臉上才會流露出表情，感覺還真是麻煩。

「不過在那之前，我想先確認一下受害的情形是到什麼程度呢？還有，該警戒的大概是哪些地區？」

蓋爾針對安納爾德的提問答道：

「大多都是吵架跟竊盜這種輕罪，但有時也會演變成鬧出人命的狀況。有提出討論的是在這附近的農村地帶，尤其這個叫巴亞茲的村子歸還兵特別多。即使是農村一帶，也會收到徵召上戰場的樣子。溫泉地則聚集了一些到外地賺錢的年輕男子，所以並沒有傳出受害情形。現在建造堤防的工程是集中在這個肯尼亞鎮，因此人都聚在這邊，紛爭也跟著變多了呢。」

「也就是說，該特別注意的地方是南部的農村地帶，以及正在進行建設的周遭城鎮吧？然後爆發紛爭的，是歸還兵以及參與工程的人們……？」

安納爾德簡單整理了蓋爾的說明之後，他也點了點頭。

斯瓦崗領地的南部是農村地帶，東北部則是一片溫泉地。水利工程預計會延伸到領地全區，但目前就算加上老舊的設備也只發展到整體的三分之一。現在才剛開始動工而已，只有這樣的進展也是無可厚非。

從戰場上歸來的歸還兵加入確實是確保了人力，然而沒有一個能夠統領的人，也很難將他們分散到各個區域，所以能施工的地方才如此侷限。

「並不是每一起糾紛都是歸還兵所引發的，但或許是受到影響，整體的犯罪案件都明顯增加。畢竟水利工程也僱用了很多異鄉人，雖然不能說所有從外地來的都是壞人，但也確實並非人人皆善。」

蓋爾這麼補充了之後，安納爾德的目光依然盯著地圖，面露思索的表情說：

「最重要的在於為了事前防範犯罪所下的工夫。」

「這意思是？」

「大多都是因為什麼理由而引發那些紛爭的呢？」

「理由大多都像是撞到肩膀，或是遭人埋怨之類的瑣事呢。」

「說到頭來，為什麼會讓人在內心累積那麼多不滿的情緒呢？」

「原來如此，意思就是最好重新審視一下現場的勞動環境對吧。」

蓋爾語氣明朗地這麼說。

也就是說，為了不讓人引發那些輕罪，要盡可能減輕人們心中的不滿。至今都只想著要如何取締犯罪，卻沒有思及導致人們犯罪的理由。

「施工現場的環境有那麼惡劣嗎？」

拜蕾塔不禁插話問道，蓋爾便沉思了一下。

「我想應該是不至於，但還是要確認看看比較好。多少減輕一點大家心中的不滿，應該還是會有點成效。」

「至於農村地帶的那些歸還兵，也只能花點時間讓他們重回上戰場之前的生活。為了在他們鬧事的時候可以及時控制下來，或許可以加強巡邏一下。」

「真不愧是以狡猾聞名的灰狐呢。」

蓋爾欽佩般喃喃說出口的，是安納爾德在戰場上的外號。

擅於操控情報，看穿敵軍的心思並設下完美的布局。這樣的他似乎認為自己不太能理解細微的情感，卻連對手的真正目的都能精準地識破，不愧被冠上狡猾之名。雖然不知道實際在戰場上的細節，但拜蕾塔也從舅舅口中聽說了丈夫冷靜又冷酷的一面。

「畢竟我以前也是身處戰場之人，很久以前就對你的傳言有所耳聞。」

「這樣啊。」

安納爾德對此並沒有任何感慨的樣子，看不出他在情緒上有特別的動搖，或許是經常聽人這麼說吧。

「還有像在這次的南部戰線中，是在你的提議下給敵國補給部隊造成毀滅性的打擊，成了定出勝負的關鍵之類的事。」

「你是聽誰說這些事情的呢？」

「我在肯尼亞鎮上有遇到你以前的部下。」

「……這樣啊。」

安納爾德一開口這麼回答，拜蕾塔的脖子就竄起一陣發麻的感覺。蓋爾也感受到丈夫的怒氣而閉上了嘴。

咦，剛才這段對話究竟哪個部分踩到他的地雷了？

面對這陣不自然的沉默，拜蕾塔儘管感到疑惑，也努力忍耐著不讓自己抬起頭來。

雖然是以悠哉的路程來到斯瓦崗領主館，搭乘馬車的長程移動似乎還是累積了不少疲勞，導致昨晚一夜無夢地熟睡到天明。

到了一早，拜蕾塔便朝著領主館後方走去。想讓僵硬的身體放鬆下來，最重要的就是要有適度的運動。然而當拜蕾塔拿著練習用的劍一到那邊，就發現已經有人先來到這個地方了。

「早安，可以跟你一起訓練嗎？」

「拜蕾塔小姐。好啊，當然可以。」

轉過頭來的蓋爾，看著拜蕾塔手中的劍便開口問道：

「能跟妳對打嗎？」

曾擁有納立斯王國騎士地位的蓋爾，是個武藝高超之人，甚至還擔任過隊長。

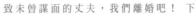

由於拜蕾塔也對異國的劍術深感興趣，當然是二話不說就答應了。

稍微做了熱身運動之後，兩人就開始進行對打，但拜蕾塔立刻因為對手的力量而感到驚嘆。光是兩劍交錯了幾個回合，就能實際感受到他的劍術有多麼絕妙。

蓋罕達帝國的劍通常給人厚重的印象，拜蕾塔為了可以順手揮劍下了不少工夫；然而，納立斯的劍術很華麗，相對的也很銳利，蓋爾使出的技巧尤其尖銳又精準，速度也非常快。那樣沒有一絲動搖的劍路純粹地令人憧憬。

拜蕾塔把劍打橫朝使勁掃去。

就算拉開了一點距離，也立刻被蓋爾追上，來回過招幾次之後，蓋爾不禁揚起嘴角。

「妳真厲害啊。雖然之前就有聽部下說過，沒想到竟有此等實力……」

「還遠遠不及蓋爾先生呢。」

「這是我的本行，但對拜蕾塔小姐來說並非如此吧？妳本來是該受人保護的貴婦人，不過，既然具備這番實力，還真希望妳可以來當我的部下呢！」

一邊交手，蓋爾語氣平穩地這麼回答。

「受到曾任隊長的蓋爾先生賞識真是開心，我也聽你的部下說過，你是個很照顧人的長官。巴杜的報告中也提及多虧了蓋爾先生，讓工作進行得很順利，真厲害呢！」

「能受到他的稱讚是我的榮幸。畢竟長久以來擔任代理領主的他，是最了解這片領地的人物。這麼說來，他也很常稱讚拜蕾塔小姐喔。」

「稱讚我嗎？」

「很佩服妳能馴服領主大人之類的。」

他感覺逗趣地笑了笑，所以拜蕾塔知道他只是在開玩笑。雖然在流言蜚語中，也都把自己說成將公公誆騙得團團轉，不過他所說的並不是這個意思吧。

「還不都是沒有人要逼父親大人工作，我才會逼不得已提出諫言。」

即使沒有公公，光靠待在領地的優秀傭人們還是順利地統治至今。既然沒做事也會有錢入袋，想必也會提不起幹勁吧。即使因為喪妻之痛讓他不想靠近領地，但拜蕾塔總覺得最大的理由，還是在於沒有成就感——這就是聚集了一群優秀的傭人及部下、就算不做出指示也能讓領地經營下去，而造成的反效果。

何況領地的傭人們也全都對瓦納魯多太好了，面對他這個人，就算再任意使喚一點，甚至踹著他的屁股逼他做事都不為過，大家卻都小心翼翼地對待他並靜觀其變。

「能說出這種話的也就只有妳而已吧。話說回來，妳的婚姻生活過得怎麼樣呢？」

收起長劍之後，蓋爾突然這麼問。本來還感覺很有趣地拿公公的事情逗弄人，說到這個話題便換上了認真的神色，這也讓同樣一邊收著劍的拜蕾塔感到有些費解。

「怎麼了嗎？」

「總覺得這不太像是蓋爾先生會問的事情……所以覺得有些在意。」

他感覺對於這種市俗的閒聊一點興趣也沒有的樣子。報告中也大多都說他只顧著工作而且個性認真，並沒有散發出令人難以靠近的氛圍。真要說起來，光是從他的舉止就能看得出是個雖然溫和，但態度一本正經的人，難以想像這樣的他竟會問起這種事情。

「妳是我們的恩人，因此時時刻刻都希望妳不要遇到任何難過的事，過上幸福的生活。但畢竟從少爺的態度，以及至今從領地的各位口中聽來，他似乎是個相當乖僻的對象。妳不會感到不自在嗎？」

雖然無從得知領民是怎麼形容他這個人，但歸還兵跟部下對他的評價應該是不太好。早在拜蕾塔嫁過來之前，他就是個被形容為冷酷且殘忍的男人，評價自然也不會太正面。

「呵呵，謝謝你的關心，至少目前是沒什麼問題。」

「那就好。因為妳的丈夫似乎是個與領主大人不同的類型，但同樣無法用普通辦法應付的難搞人物。」

這時，隨著蓋爾移開視線，拜蕾塔也跟著朝他望著的方向看去，只見安納爾德就站在三樓窗邊俯視的身影。

他是從什麼時候開始站在那邊看的？面無表情地俯視著的他，依然無法讓人看穿究竟懷著什麼心思。是碰巧看到妻子在揮劍訓練，才會這樣眺望的嗎？

抽回視線看向蓋爾，拜蕾塔只是聳了聳肩。

「是啊，他這個人要不是面無表情，就是面帶無法看穿情緒的微笑，完全無法捉摸他的心思，所以我就決定不要放在心上了。」

「他是你的結婚對象吧？往後不會因此傷腦筋嗎？」

「反正順利的話，這段婚姻關係也快結束了。」

再補上一句「這是祕密喔」之後，蓋爾不禁睜大雙眼。

「但我不認為領主大人他們會這麼輕易就讓妳離開。」

「我們有做了一個約定，所以現在要為此忍耐一段時間。」

「竟說是忍耐……也就是說，你們夫妻之間沒有愛情嗎？」

「沒想到蓋爾先生是個浪漫主義的人呢，只有戲劇才會在婚姻之中追求愛情吧？」

在帝國歌劇之中受到大眾歡迎的作品，要不是踏入不幸的婚姻中的男女與舊情人破鏡重圓的故事，就是戀愛結婚的夫妻陷入難以挽回的離婚戲碼。就連在戲劇裡都不太能看到幸福的婚姻生活了，現實當中想必更加困難，遑論還是政治婚姻。

自己的父母是戀愛結婚沒錯，但也深知那才是相當罕見的情況。早也已經不是會夢想著那種奇蹟般的事情會發生在自己身上的年紀了，更別說對象還是安納爾德。

他骨子裡就是個軍人，儘管家世背景有多少帶來一點影響，但基本上還是靠著實力爬到中校這個地位。這種男人怎麼可能會沉溺於愛河之中？從公公的態度看來，也能大致上察覺他想從妻子身上得到的是什麼。

保護家庭、協助丈夫，絕不會好出風頭；是個可以適度滿足性欲，並能讓他逃避那些煩心事的棋子。在這當中並不需要愛情。正因為如此，他才會提出那樣的賭注吧。若是心懷愛情，就不可能說出那種愚蠢的內容了。

「原來如此。妳認為婚姻生活當中不需要愛情是吧？」

「我也不是認為不需要，只是覺得並非必要，這對我來說又更是不可能的事。」

說到頭來，自己都被安納爾德當免費娼婦對待了。就連絲毫的愛情都感受不到。

「對方可是個當妻子說想離婚的時候，提出『共度一個月的夫妻生活，要是沒能懷上孩子就離婚』這種荒唐賭注的人喔。你覺得這當中還有愛情可言嗎？」

「怎麼會……他真的說了那種話嗎？」

「當然，他所追求的是個對自己有利無害的妻子。」

他想要的只是個可以用來避開其他女性，而且時不時可以洩欲的女人而已，這樣的利益關係中並不存在深愛的妻子這種話。既然如此，那個對象不是自己也沒差吧。雖然他的行動會讓人覺得是不是因為捨不得才不惜提出賭注挽留，但從那樣荒唐的賭注內容看來，果真還是沒有多重視拜蕾塔的感受。

蓋爾雖然露出難以言喻的複雜表情，但拜蕾塔的真心話終究還是想跟丈夫離婚，並重獲自由。

「為什麼呢？妳明明是一位這麼出色的女性。」

彼此之間剛好相隔兩步左右的距離。然而，拜蕾塔卻突然覺得這樣的距離相當靠近。

蓋爾至今從來沒有散發出這種氣氛。

簡直就像在追求似的讓人很不自在，拜蕾塔不禁眨了眨眼。

由於事出突然，甚至還陷入一陣暈眩般的錯覺之中。

大概是感受到拜蕾塔的困惑了吧，蓋爾露出跟平常一樣的沉穩微笑，那個表情就像在安撫耍任性的孩子似的。然而，他說出口的內容，卻更將自己逼入絕境。

「看樣子妳似乎不太習慣談戀愛。但是，妳是個該受到寵愛的人，不需要那種會提出荒唐賭注、只是名義上的丈夫。要是真的感到如此悲傷，我就去向他下戰帖吧。更何況，既然知道如此可以讓傾慕的對象重獲自由，就更是無法坐視不管了。請問，我也可以拿出真本事來嗎？」

「蓋爾先生……那個，請別開玩笑……」

「妳應該也知道我是個不太會開玩笑的人，正因為如此，所以妳才想敷衍過去對吧？畢竟拜蕾塔小姐是個非常聰明的人。」

「請、請等一下，你別再說下去了。」

拜蕾塔自知對男女之間細微的情感變化很生疏，在沒有任何預感的情況下，受到這樣滔滔不絕的追求只會感到混亂而已。他跟那些誤信拜蕾塔在社交界的傳聞而靠近的男人們不一樣，注視著自己的眼神之中不含任何輕蔑，只有真摯的戀慕之情而已。

這還是第一次有人用這樣的目光看著自己，拜蕾塔假裝沒有察覺自己發燙的臉頰，光是要佯裝平靜的態度就用盡全力。

「也算是為了往後的日子，請妳考慮看看吧。我只是想告訴妳，自己對妳抱持著近乎崇拜的愛慕之情而已。」

蓋爾揚起平穩的微笑之後，就單膝跪地並悄悄牽起拜蕾塔的單手。他抬起視線注視著拜蕾塔的雙眼，並輕輕在牽起的手背上留下一吻。

這是納立斯的騎士向貴婦人示愛時的表現。

當舅舅從鄰國回來的時候，曾說過這番旅途中的見聞，但拜蕾塔從沒想過會親眼目睹這個舉動。

「請妳務必記得我的這份心意。」

聽見從領主館後院傳來劍戟的聲音時，安納爾德忽然間停下了腳步。

隔著走廊的窗戶向下一看，只見一頭熟悉的莓果粉金長髮，在朝日的渲染下散發出閃爍的光輝。本來就知道她對劍術有所涉獵，在帝都的家裡也有在鍛鍊，根據傭人們的說法，她就算在領主館也同樣會進行訓練。但這還是第一次如此仔細看到她趁著鍛鍊的機會，實際與他人對打的情形。

軍隊裡也有女性，而且也會踏實地參加訓練。本來以為妻子並非如此，然而看著那動作沒有一絲紊亂的身影還是不禁為之著迷。這讓人回想起，也曾在那個遭到襲擊的夜晚為她精湛的劍術而陶醉不已的事情。

不過現在卻難以純粹的心情稱讚她的美麗。

跟蓋爾對打了幾個回合之後，兩人就這麼收起劍。

雖然聽不見聲音，但他們似乎聊得很開心。

不知道他是說了什麼，只見拜蕾塔毫無防備地愣著並抬頭看去。面對男人時可以這麼沒有戒心嗎？安納爾德不禁感到一陣惱火。

出席晚宴時分明是毫無破綻，而且繃緊神經地關注周遭，擺明是一副臨陣態勢的樣子。現在卻完全不見那時的身影——未免太鬆懈了吧。

就在這樣煩躁地注視著兩人時，蓋爾的視線忽然朝這邊看了過來。

真不愧是曾任鄰國騎士的人物。

他似乎察覺安納爾德正在樓上看著兩人了。

隨著他的目光，拜蕾塔的視線也看了過來。

安納爾德緊緊凝視著妻子，她那雙紫晶色的眼睛在陽光的照耀下，即使是從遠方看去也是美麗動人。雖然忍不住就看得入迷，她卻立刻就撇開視線，重新面向蓋爾。

注視別的男人的時間竟然比丈夫還要長，究竟是什麼意思啊？

然而兩人明知自己正在樓上看著，感覺很親近的對話還是持續了下去。

不知道拜蕾塔是說了什麼，蓋爾露出驚訝的表情。看著像在炫耀似的開心對談的兩人，心情只是越加煩躁而已。

他們之間的距離未免太近了吧，一般來說妻子會跟丈夫以外的男人靠得這麼近嗎？再拉開一點才是適當的距離吧？

然而，眼前的兩人不顧心生嫉妒的安納爾德，似乎完全沉浸在兩人世界之中。

不知道蓋爾是說了什麼，只見拜蕾塔紅著臉，一副感到困惑的樣子開口回應。

才這麼想，只見他揚起沉穩的微笑，並在她面前單膝跪地，更牽起妻子優美的單手。兩人的目光依舊凝視著彼此，蓋爾就這麼在拜蕾塔的手背上留下輕輕一吻。

這是納立斯的騎士向貴婦人求愛時的表現。

在帝國歌劇上演的知名戲劇中也有這樣的橋段，安納爾德還記得部下曾抱怨過戀人要他做出這樣的舉動，部下哀嘆著那實在太裝模作樣，根本學不來。畢竟帝國軍人總是被說要隨時展現雄壯威武的一面，是個與優雅無緣的世界。

不愧是曾經擔任過騎士的人，蓋爾做起來就有模有樣。

就像一幅畫似的，眼前的光景看起來相當和諧。

如果那並非自己的妻子，想必不會有什麼感想，然而拜蕾塔實際上就是受到騎士示愛的那位女性。

這顯然是情夫在下戰帖吧！

拜蕾塔第一次與他交談也不過才十天前的事情，可見妻子的魅力有多麼驚人，輕易就能迷倒男人並任憑她玩弄，並像這樣助長情夫們的氣焰。

安納爾德下意識離開窗邊，朝著自己房間走去。這次來到領主館時，安排給他們夫妻倆的房間是原本位於兒童房旁的置物間。經過一番澈底的改裝之後，甚至讓安納爾德一時之間還想不起來原本是什麼房間。

裡頭擺著一張即使是兩人同睡也足夠寬敞的床，還有書桌、躺椅以及書櫃。雖然平實，但也造就出令人放鬆的房間。

根據巴杜的說法，好像是花了一星期整理出來的，昨天才剛完成整修，他也笑著說有趕上真是太好了。這時機也太湊巧。房間似乎是趁著前陣子拜蕾塔還待在這裡時，詢問她的意見才就此決定的樣子。於是妻子就選了這個地方，雖然採光不是很好，但足夠寬敞。

看見自己幼時待過的兒童房以及隔壁母親的房間都沒有改變，依然保留以前的樣貌，總覺得感受到了妻子的體貼。儘管自己並沒有抱持像是感傷的情緒，卻還是有股令人不自在的溫暖充斥著內心。

正因為如此，更促進了對於讓自己目睹蓋爾跟妻子在後院的互動所產生的不快感。

那種不快感就這麼伴隨著自己一整天。

在早晨的餐桌上看見兩人一起來到餐廳時也是，吃過晚餐後，看著剛洗完澡的拜蕾塔坐在安排給夫妻倆房間裡的躺椅上的現在亦然，簡直不自在到了極點。然而，就在總之想對她說點什麼並正要開口的時候，拜蕾塔反倒先對自己說：

「從今天開始，最近都暫時分開睡吧。」

突如其來的這句話，讓安納爾德不禁對拜蕾塔投以像是目送因為違反軍紀，而要被送去處以死刑的部下時的眼神。

從帝都來到領地的這一路上也有找地方投宿一晚，但因為舟車勞頓的關係，那時兩人是分床睡。抵達領地之後，拜蕾塔也是早早就熟睡了。才在想今晚總算可以同床共枕，卻先遭到妻子的拒絕。

皺起不帶情感的柳眉，安納爾德冷漠地看著她。

「那是因為——」

因為有蓋爾就在身邊的關係嗎？因為不想被他知道與丈夫床笫之間的事實嗎？頓時浮現的情感化作一團灰黑的髒汙，深深沉入胃的深處。回想起在朝日之中看見兩人沉著共處的模樣，更是被困在不快的感受當中。

不過，他頓時把話吞了回去。這是因為拜蕾塔感覺有些害臊，卻又好像心情很好的樣子繼續說了下去的關係。

「因為月事來了……對於男性來說應該會覺得很不舒服，所以要分房睡也沒關係。」

月事？

在轉瞬之間，安納爾德還不太能理解這是什麼意思，並在內心重複了一次。接著，他才因為拜蕾塔沒有懷上自己的孩子而感到失落。

安納爾德對於這樣的自己心生動搖。

要是沒有贏得這場賭注，她就會離開自己。輕易就能想像得到拜蕾塔毫不遲疑地轉頭離去的身影。明知如此，比起對於輸掉這場賭注的情感，竟然會更加在乎她沒有懷上自己的孩子這件事情。

有這麼想要一個與她一起孕育的孩子嗎？

但即使這麼反問自己，也得不出答案。

安納爾德深知自己不適合踏入家庭，說穿了，豈止妻子的想法，就連自己的心情都無法確定了。然而，若是要將現在這樣的情感命名，總覺得還是「失落」二字最為貼切。

不過，安納爾德還是拚命控制自己的神經，不讓拜蕾塔察覺自己的動搖。然而，那終究也因為她的一句話而成為徒勞。

「所以說，這場賭注可以算是我贏了嗎？」

「這是什麼意思——？」

「現在這樣，很明顯就是沒有懷孕吧？何況在月事期間也不能做那件事，而你的假期應該也快結束了，所以不能繼續待在這裡。如此一來，必然會是我贏得勝利啊。」

看著打從心底感到費解地歪過頭的妻子，安納爾德總算明白她感覺心情很好的原因了。

安納爾德的假期並非從跟拜蕾塔見面那晚開始，而是早在一星期前就已經回到帝都。由於是從那時候開始起算，因此假期其實已經結束了。現在人會來到這裡是基於軍方工作的關係，所以留在領地這邊的天數就算要延長超過一星期都不成問題。

問題在於拜蕾塔確信自己會贏得勝利吧。是不是她格外確定自己不會懷孕呢？字據上確實沒有註明禁止使用避孕藥之類的東西。由於事先預設她會服用那種藥物，因此安納爾德也有針對市售避孕藥的缺點做了一些因應，但現在提及這點似乎並非上策。

刻意不把她一副贏得勝利的自滿表情放在眼裡，安納爾德揚起一抹微笑。

「很可惜的是，由於是從戰場歸來，因此我的假期可以再延長一陣子。」

「不用這麼勉強也沒關係吧。」

這個瞬間，拜蕾塔露出有些尷尬的表情，但安納爾德並沒有再多說些什麼。因為要是一個不小心說溜嘴，很有可能會被她察覺自己一開始的意圖。

「那今天就早點休息好了。來，請妳躺下吧。」

「咦，你要一起睡嗎？」

「等到月事結束之後，還有幾天是在賭注的期間內喔。既然如此，我們就還是夫妻吧。都得知妳身體不太舒服了，請放鬆一點吧。有什麼希望我替妳做的事嗎？」

「不，沒有。這不是什麼特別的事，過幾天就會好多了。」

「這樣啊，那就好好睡一覺吧。」

安納爾德牽起深感困惑的拜蕾塔的手，並讓她在床上躺下。就這麼替她蓋好被子之後，自己也在她身邊躺了下來。

與此同時，也一邊想著如果剛才是說她懷孕了，自己又會怎麼回答呢？

醒轉過來時，身邊傳來的溫暖讓拜蕾塔放鬆了肩膀的力道。

大概是抵達領地之後就從緊繃的情緒中得到解放，再加上月事也來了，更是促使一股不同於舟車勞頓的倦怠感湧上身心。

跟安納爾德說暫時沒辦法跟他上床後，他感覺不悅地皺起眉頭，但一說是女性特有的情形似乎就能明白了。

還以為如此一來就確定是拜蕾塔贏得勝利，沒想到安納爾德好像延長了假期。印象中就連自己的父親都不曾待在家裡這麼久，讓拜蕾塔感到目瞪口呆；但換句話說，這場賭注看樣子是得經過整整一個月才會結束。

昨晚確實是不甘願地答應了，但令人驚訝的是，即使如此安納爾德還是說要一起睡。就算不能有性行為，他還是想睡在一旁的樣子。拜蕾塔困惑地想著既然無法發洩性欲，這樣應該反而難受吧？不過他似乎也沒有特別在意，俐落地做好準備，早早就上床睡覺了。

縱使是在黎明時分的昏暗光線中，他的面容依舊美麗。

端正到這種程度，讓人覺得連要嫉妒他都顯得愚蠢，反而感到豁然開朗。

會像這樣端詳著丈夫的臉，也是因為他的手臂緊緊將自己抱入懷中的關係。簡直把人當抱枕一樣，甚至讓拜蕾塔考慮起既然他這麼想抱著睡，乾脆送他一個柔軟程度剛好的抱枕算了。

自己離開之後，抱著那個相對應該就能睡得安穩吧？

還是說，要幫他找個替代自己的女性呢？

回想起前幾天的慶功宴，拜蕾塔確實體認到丈夫有多受歡迎了。

只是離開一下子，聚焦在他身上的目光不但多得驚人，還充滿熱情。毋寧說就算妻子待在他身旁也沒什麼改變，拜蕾塔不禁傻眼地覺得自己在替他擋女人這方面應該沒什麼效果。

替代自己的對象，肯定很快就能找到了吧？

做了這番想像，拜蕾塔總覺得有些鬱悶。

說不定只因為委身於他，內心就對他抱持了接近愛情的情感。但與此同時，還是覺得安納爾德很令人火大，所以大概只是錯覺而已。

不過，像以前那樣仇視異性的自己確實沉寂了些。

即使如此，依然沒有原諒這個因為賭注而要了自己身體的男人。一想到無論對象是誰他應該都覺得無所謂，心中的怒火就難以平息下來。反正對他來說，自己只是可以隨心所欲對待的免費娼婦罷了。

更何況拜蕾塔有在服用避孕藥，吃了之後大概過一陣子就會產生效果，而且可以持續八小時，但聰明的安納爾德卻沒有將這點列入賭注的禁止項目之中，可見他也沒有打算要贏得這場勝利。

他不可能不知道有避孕藥這種東西。儘管有時候他會突然在大白天說要就要，或是從晚上一路做到清晨，以至於無法期待避孕藥的藥效；即使如此，還是沒有使出刻意妨礙的手段，讓人覺得他果然沒有執著於獲勝。

拜蕾塔不想被他察覺內心的怒火，所以盡量保持平常心，也沒有去質問他，並隨波逐流。

但就算月事來了，他還是像這樣緊緊抱著自己，確實也有股溫暖湧上心頭。而且對於沒有懷孕的這個事實，自己多多少少也是覺得有那麼一點點失落。雖然這樣的情感既曖昧又充滿不確定性，讓自己不禁苦笑就是了。

本來就不太懂世間所謂的情愛為何，因為經歷那段過去的關係，自己依舊不太喜歡面對男性。雖然沒有打算扭曲秉持自我的信念，但感到悲傷的心情也絕非虛假。這是因為自己對他抱持戀慕之情嗎？要說到這種地步就太令人惱火了。不過，現在或許可以單單認同這份悲傷吧。

拜蕾塔緩緩閉上雙眼，並嘆了一口氣。

反芻著昨天蓋爾說的那番話，她努力讓自己現在先不要去想那件事情。

真要說起來，一直以來都認為戀愛情感這種東西跟自己毫無關係，因此說不定是感受到面對未知時所產生的恐懼。

光是回想起他飽含熱情的視線，臉就不自覺熱了起來。蓋爾好像也只是想傳達出他的心意，沒有想要進一步的打算，應該真的如他所說，只是希望自己知道而已。同時，大概是察覺了拜蕾塔膽小的心，溫柔的他便這麼配合自己的步調。

蓋爾是個既誠實的好人，如果對象是他，或許可以談一場沉穩的戀愛。但現在也不能這麼做，只要還在跟安納爾德賭注的期間就不行。

就算到了這個年紀還是不習慣面對戀愛這種事情。儘管拜蕾塔對這樣的自己有些傻眼，但也再次體認到這果然是不擅長的領域。

如果能跟金錢或帳簿一樣淺顯易懂，那就簡單多了。

只要看著紙張，就能知道正確的方向。

可以的話，真希望能默默地任憑這份心意隨著時間風化。

拜蕾塔不禁這麼暗自期望。

肯尼亞是位於斯瓦崗領地偏東北方一處、河流沿岸的城鎮，由於是沿著支流建造的城鎮，常會受到水災侵襲，因此留有很多古早以前建造堤防的遺跡，也是這次水利工程第一個動工的地方。現在正分配了很多進行修繕的人手過來，雖然是被要求要趕緊前去視察，但同時也在策畫希望可以延長堤防。

這裡的人口不少，同時也是國家的門面。為此，商業活動也必然繁盛，更是進行貿易的必經之處，當然會更想盡力保護這座城鎮。

不過只要有人潮聚集的地方，就會引發紛爭。這在肯尼亞也不例外，不斷收到治安變差的申訴。

挑選這裡為首要視察地點的是安納爾德。

他並沒有特別說明理由，但也沒什麼好反對的，因此拜蕾塔便跟安納爾德以及蓋爾一同前往視察。

一行人早上就從領主館出發，過了兩小時左右便抵達城鎮。穿過城門之後，馬車停在一個像是廣場的地方。

前來迎接的人是鎮長，以前有跟公公一起造訪此地，因此與拜蕾塔也見過面。昨晚有通知一行人會前來，所以他才會為了迎接賓客而在這邊等候吧。

「歡迎蒞臨肯尼亞鎮。這次各位似乎是要來視察河岸工程對吧……」

這麼打招呼的鎮長頻頻看著馬車，一副很在意的樣子。想必是因為沒見到公公的身影而感到困惑吧？畢竟他以前是個完全不會來到領地的男人，所以才這麼不受人信用。很容易就能猜想到鎮長應該是在暗忖著領主該不會又不來領地，或是因為身體微恙才會不見他的身影等等，腦中掠過各式各樣的臆測，但也沒必要對他解釋得太詳盡。

毋寧說拜蕾塔才想知道此時領主為什麼會不在場，他到底為什麼要窩在溫泉地的迎賓館不肯出來呢？

拜蕾塔以微笑迴避鎮長的試探。

「是的，沒錯。我們想立刻前往工程現場，方便帶路嗎？」

「遵命。結束視察之後還請回到廣場這裡，我們替各位設了一場款待的宴席，聊表心意。」

「好的，那我們走吧。」

就這樣，總算能前往現場視察了。

目的地是流經斯瓦崗領地正中央的玫典納河的支流，岸邊堆起了巨大的石塊，這是為了用從山邊切割下來的石塊，做出穩固的根基。

站在河邊進行指揮的男人一看到拜蕾塔他們，便跑了過來。

監督工程現場的男人是蓋爾的部下，晒得黝黑的臉上布滿皺紋。看起來好像很嚴肅，卻流露出溫和的眼神。

「蓋爾大人，今天怎麼來了？」

「我們是來視察的，可以說明一下工程的進展狀況嗎？」

「喔喔，這麼說來好像有收到聯絡呢。工程進度就一如各位所見，才剛開始而已。增加了不少人手確實很令人感激，但並沒有預想中的順利呢。」

男人看向那些在做工的人，仔細說明下去。

這時，突然「砰」地噴起一道巨大的水花。

幾個本來在工作的男人，在河流的淺灘扭打成一團。一下子揮拳，一下子又踹腳的，氣勢十分驚人。

「唉，又吵起來了……」

聽著他們互罵的怒吼聲，監督現場的的男人只是聳了聳肩。

「這種事情很常發生嗎？」

拜蕾塔忍不住問道，男人便重重地點了頭。

「自各個地區招募來的民眾，還有從戰場歸來的人們之間，總是會因為一些瑣事引發糾紛。像是上過戰場的人比較了不起之類，或者留在故鄉的人都是懦夫等等，總之就是互罵這些。」

看來這個問題比想像中還根深蒂固。

拜蕾塔看著眼前的光景一邊沉思時，有個特別魁梧的男人將鬧事的男人們一個個接連扔進河裡，這力道真是驚人。

他有著一頭帶著漆黑光澤的黑髮，面容也很有男子氣概。晒成古銅色的身體鍛鍊得相當結實，看起來年紀跟安納爾德差不多。

「別在這種時候突然嬉鬧起來好嗎？冷靜下來就趕快去工作。」

男人用發自丹田，強而有力的重低音這麼說。他並非大聲斥責，然而聽見這道響亮的聲音，從河邊回到岸上的男人們便紛紛回到工作崗位。

拜蕾塔佩服地說：

「好厲害，他一句話就讓大家繼續工作了。」

「喔喔，您是指威德吧。像這樣的爭執確實也有鬧得很大的時候，不過有時也會像那樣就了事。」

大概已經司空見慣了，監督現場的男人面帶苦笑地這麼說，這時蓋爾語氣平穩地接著說下去：

「那位就是昨天有提及的那位人物喔，就是安納爾德先生以前的部下。」

咦，這個話題不是會踩到他地雷嗎？

拜蕾塔頓時一臉鐵青。

「喔喔，的確有聽那傢伙說過是因為受傷才從戰場歸來呢。這樣啊，竟然是少爺以前的部下。威德，你過來一下。」

聽了蓋爾的話，監督現場的男人機伶地大聲一呼，就將他叫了過來。

但拜蕾塔簡直都快嚇死了。這是因為站在自己身旁的男人散發出的氣場隨之一變。總覺得好像可以感受到一股令人發顫的寒氣。

「什麼事啊，工頭——呃，聯隊長大人！」

有氣無力地走過來的男人在發現安納爾德的瞬間，雙眼都亮了起來。與他的髮色相同的一對黑眸在太陽底下散發光輝。看到那雙澄澈的眼睛，拜蕾塔也心裡有譜了。

原來如此，應該是個毫無自覺的笨蛋吧。

「威德．達爾特少校，我跟你說過很多次了，請沉穩一點。」

「我都已經退伍，不再是少校啦，請您直接用名字稱呼我吧。但話說回來，聯隊長依然是個大美人啊。」

「你真的是一點都沒有變呢。」

「那當然，永遠都是精神飽滿又開朗，可是我唯一的優點啊。」

安納爾德絕對不是在稱讚他，然而威德還是開心地露出滿面笑容。

總覺得這段對話有點微妙的出入，但兩人以前在交談時應該都是如此吧。安納爾德看起來也像是已經放棄了。

「拜蕾塔，他是威德・達爾特前少校。是我以前的部下，不用記得這個人也沒關係。」

就算不用這麼強調是以前的部下，從安納爾德的反應看來也足夠感受得到不想跟他扯上關係，真希望他大可放心。

然而被人這樣介紹的當事者卻完全不放在心上的樣子。

「哇啊～美人旁邊還有一位美人耶，這位小姐，妳真漂亮啊。」

「請你不要隨便跟我妻子攀談。」

「妻子……什麼？咦，你結婚了？」

威德不但一臉驚訝，甚至頓時忘了用敬稱，只見他氣勢洶洶地追問安納爾德。雖說現在已經不是他的長官，但就連拜蕾塔都不禁替他擔心這樣是不是太沒禮貌了。

「我戰爭前就結婚了。」

「對耶，以前好像有聽說你已婚了，但那不是滿不可信的傳聞嗎？哎呀，不過話說回來，真難想像你的妻子會是怎樣的人……竟然會嫁給這個人面獸心的聯隊長啊，而且還是超級大美人！太令人羨慕了吧！」

在抱頭大喊的威德旁邊，安納爾德揚起虛偽的笑容說：

「拜蕾塔，請妳繼續視察，他交給我處理就好。」

「怎麼這樣～也請讓我跟你們一起行動啊，我只要待在她身邊呼吸就好了。」

「那會玷汙我妻子，請你住手。」

「等等，聯隊長大人也太過分了！我們以前不都是互相照料彼此的嗎？」

「我完全不記得有這種事。」

「咦～太無情了吧，也不想想以前是誰在保護你屁眼的。對了對了，夫人我告訴妳，這位聯隊長大人為了部下們，可是自掏腰包請高級娼館那些超棒的女人來服務，是不是超感人的？但也多虧這樣，害我現在都只想跟好女人上床，看是該怎麼辦才好……」

瞬間就把一段佳話說成這樣真的好嗎？

拜蕾塔也想不到該怎麼回應才好，只能含糊地應了一聲。

「哎呀，夫人，妳在這邊做什麼？」

經過剛才那番對話之後，威德就這麼挨了安納爾德一頓斥罵，拜蕾塔便不管他們，繼續視察。但過了一陣子，在河邊眺望整個修繕工程時，威德又湊了上來。

雖然蓋爾就在自己身邊，但大概是看到安納爾德不在場，就放心地跑過來了吧。

也說不定是逃過來的……畢竟他昔日的長官，現在正跟現場工頭一起了解關於新建設的堤防的詳情。

威德似乎也沒把默默保持警戒的蓋爾放在心上，一副態度輕浮的樣子湊了過來，搞不好他其實是個大人物。

「我在確認修繕工程的狀況，請問有什麼事嗎？」

「妳還滿出名的嘛，聽說妳很好約？怎麼樣，今晚要不要讓我幫妳脫鞋子啊？我還滿行的喔，也有著自豪的上等貨。」

這是帝國貴族在邀約夜晚床伴的隱語。上床之前必定要先脫鞋子，這就是脫了鞋子之後一起睡的意思。

看來他要不是持有爵位，就是與貴族相關的人物。這種話說得很順口的語氣，甚至帶有一種文雅的感覺，真是不可思議。不過內容相當下流就是了。

大概是從做工的男人們口中聽聞拜蕾塔的謠傳吧。像是把領主跟他兒子耍得團團轉的女人之類，或者是跟總督導蓋爾之間有著可疑關係的女人等等。

「我不是那麼隨便的女人喔。」

朝他淺淺微笑之後，威德稍微睜大雙眼，接著揚起滿臉笑容。

看來這個男人有聽懂話中之意。

然而，這還是第一次看到有人面對自己露出這樣毫無矯飾的笑容，反而感到困惑。

「我本來還想說到底是哪個勇氣可嘉的女人，竟然敢嫁給聯隊長大人……原來如此，看來相當棘手啊。」

「我才不想被一個沒有那種意思，卻還開口追求的男士這麼說呢。」

輕輕瞪了對方一眼，他卻露出一本正經的表情，理所當然地說：

「妳在說什麼啊，看到好女人當然要追求啊。」

「真是個荒唐的人。」

即使對方是昔日長官的妻子也無所謂啊，有些人說不定還會把他送上軍事法庭吧？

由此就能窺見安納爾德的辛勞了。

無意間朝一旁看去，只見威德嚇了一跳似的，表情變得生硬。看來他察覺危機的能力跟野生動物有得比。

「哎呀，被聯隊長大人發現了啊……欸，我就給妳這個上等的好女人一個忠告吧。」

「你要是不趕快逃走，難保不會被殺掉喔。」

大步走過來的安納爾德表情相當可怕，確實依然面無表情，但還是可以察覺出一定程度的細微變化。應該說他的心情差到谷底。拜蕾塔對著眼前儘管注視著丈夫，卻還拖拖拉拉地不肯離去的男人苦言相勸，卻只見他開心地揚起嘴角。

天啊，真討厭，他該不會是個變態吧？忍不住要懷疑他是不是其實很想被安納爾德教訓一頓。

「我勸妳不要對聯隊長大人動真情比較好，那個男人的本性就跟礦石一樣。」

用礦石比喻安納爾德，還真是貼切。

堅硬的無機物，應該沒有比這個更適合丈夫的形容了。

這點拜蕾塔也是心知肚明。正因為如此，她才露出堪稱最燦爛的笑容點了點頭：

「嗯，我當然知道。」

晚上的餐會，只有少數人聚集在鎮長家中，然而宴席上並不見安納爾德的身影。他說身體不太舒服所以不出席，就突然騎著馬離開了。
反正今晚一行人都會住在鎮長家中，既然身體不舒服，留下來休息一下不就得了。
鋪著豪華桌巾長餐桌，在在表現出鎮長的優渥生活。
畢竟是這一帶發展得最好的城鎮鎮長，這也是理所當然，但恐怕比住在帝都那些徒有爵位但沒有領地的人家過得還要好。餐桌上擺滿了地方特產，新鮮多彩的菜餚看起來賣相也很好，眼前這桌講究的餐點讓人甚至不禁讚嘆出聲。
由於這裡是貿易的門面，一盤盤活用豐富的食材及辛香料的絕品料理，應該讓大家都吃得很盡興。令人難過的是出席人數太少，所以無法斷言就是了。
蓋爾也出席了這頓一邊討論視察報告的晚餐，可說是唯一的救贖。
在拜蕾塔身旁的鎮長與蓋爾始終持續著沉穩的對話。
「這樣看來，工程還要花上一段時間呢。」
「是啊，如果拖太久會造成什麼困擾嗎？」
「今年已經撐過比較長的雨季了，所以堤防是沒有問題，但接下來只會越來越冷，我擔心的是這一點。」
然而，鎮長忽然像是想起什麼事情似的開口說：

「對了，之前拜蕾塔夫人曾提議過的丹佛壁毯，最近價格果然漲上來了喔。」

「這樣啊。」

之前曾接獲巴杜的報告表示鄰國塔爾尼亞的商人們從一個名為丹佛的國家進貨的壁毯，由於在他們自己的國家賣不出去，便跑來領地的城鎮逼人買下的事情。雖說是壁毯，但是用細緻柔軟的線交織出不可思議的圖樣，是個充滿異國風情的商品。

巴杜向公公商量這件事卻得不到回應，於是寫信表示想找拜蕾塔商量。自己立刻就寫下回信的舉動仍記憶猶新，信中向他提出要用便宜的價格採購下來，並好好保存。

丹佛位於塔爾尼亞南方，因此流行的是著重於涼爽輕盈的薄布料，但對於境內有許多地方位處寒帶的塔爾尼亞跟蓋罕達帝國來說，厚重且溫暖的布料比較受歡迎。因此在挑壁毯時，也必然會選擇帶有厚重感的款式。

那個時機也不太好。正值戰爭期間，社會風氣也傾向減少使用華美的東西以及添購新的物品。然而戰爭一結束，帝國內立刻就轉為慶典般的氣氛，流行起罕見又花俏的東西。這時以柔軟的線編織出的精緻壁毯，似乎也因為華美的設計而大受歡迎。

鎮長一臉喜孜孜的樣子這麼說。

應該是聽巴杜說過這是拜蕾塔提供的建議吧。

但由於蓋爾另一邊的座位是空席，讓拜蕾塔的表情始終很僵硬。一整桌豪華的料理也因為空席而更曾令人覺得可惜的感覺。著實沒有好好品嚐的從容。

「聽代理領主大人說要照著您的建議去做時，我還覺得有些費解，但真不愧是拜蕾塔夫人呢，難怪受到領主大人這番賞識。」

「畢竟她不但在帝都也是數一數二的商人，更總是走在社交界的最尖端。」

「蓋爾先生，你是從哪裡聽說這些事情的呢？這麼說實在太抬舉我了，真不好意思。」

「當然是領主大人說的，大概視妳為自豪的媳婦吧。」

原來如此，情報來源是公公啊。

瓦納魯多從來不會單純誇讚一個人，想必是在牽制蓋爾吧。

這因為如此，他的真意或許是強調現在控制著拜蕾塔的人是自己。

「那也是當然。下次務必請領主大人及少爺一同出席。我也很想與兩位懇談一番。」

「好的，我必定會讓父親大人及丈夫一同露面。」

既不是回應會轉達此事，也不是盡量請他們出席，而是說了「必定」。一邊想著這對父子都把工作推給別人，自己卻逃得遠遠的個性還真像，拜蕾塔揚起了比平時更豔麗的微笑。
暗忖著下次碰面時，絕對要讓他們父子倆後悔今晚沒有出席的這件事，拜蕾塔便發出了「呵呵呵」的乾笑聲。

眼前滴酒不沾，滔滔地說個不停的美麗男人是誰啊？
時間是傍晚過後，當威德在常去的酒館一隅吃著樸實的晚餐，並小口小口啜飲著一杯啤酒的時候，昔日的長官便衝了過來。
他好像在視察結束之後，向監督現場的男人詢問威德平時下工後的去向。對方說出這間小鎮酒館，他便像這樣來到了這個地方。偶爾也會跟監督現場的男人一起喝一杯，但威德通常都會在這裡，要找到人可說是輕而易舉。
竟然拒絕了與有著那副美貌的妻子共度晚餐，選擇跑來找這個邋遢的男人，事情想必非同小可，這也讓威德做足了覺悟。
實際上安納爾德這位前長官儘管依然面無表情，卻說起有事要深談。

不知所為何事的威德緊張地嚥著口水，一邊聽他講起漫長的說教，但簡單來說，似乎是因為大嘴巴向局外人說出南部戰線的機密作戰而受到斥責。

「但我並沒有說出細節啊。」

「說了還得了，基本上這就不是可以對局外人說的事情。」

安納爾德擬定的是一場打擊敵國補給部隊這番常見的作戰。讓威德等部下不住佩服，深感「真不愧是這位長官」所提出的作戰內容，是在於讓補給部隊半毀這一點。

他放過另一半的敵軍，然而，並不只是單純讓他們逃跑，而是在那些補給物資的部分食物中下了毒。

儘管險些喪命，但還是保護補給物資到最後的那些人當中，會隨機有人死亡。吃著一樣的東西，然而有些人活下來，有些人卻死了。當人被逼到絕境又飽受飢餓之苦時，就會開始疑神疑鬼，最終導致敵國內部的分裂。

因為那場作戰，讓整個戰況變得輕鬆許多。

威德並沒有將作戰的詳盡內容說出口。只是稱讚安納爾德利用人類情感的心理戰術相當犀利而已。

不過，看樣子是說錯對象了。

「喔喔，難不成亞達魯丁總督導是夫人玩火的對象嗎？」

一邊回想起白天對拜蕾塔搭話時，跟她站在一起的蓋爾的身影，威德以開玩笑的語氣這麼說，前長官則散發出相當驚人的殺氣。

當時蓋爾也投來了冷漠的視線，但並不像此刻這樣讓人感到不寒而慄。威德連忙收斂起表情。

「哇啊！我是開玩笑的，你老婆怎麼可能搞外遇啊？明明就心知肚明，不要真的動怒嘛。」

「你為什麼能斷言她不會外遇？」

「咦？她那樣回應，再笨的人都聽得出來吧。呃，但對方如果是個徹頭徹尾的笨蛋，可能就很難說了。」

拜蕾塔面對提出夜晚邀約的對象時，做出「自己不是那種隨便的女人」這番挑釁。沒想到她會做出這樣的牽制。

雖然是個容貌美麗的女性，謠言也相當精采，但其實應該是個穩重的人吧。

說穿了，聰明的男人光是聽到那些謠言就會避而遠之。而那些腦袋空空只想著玩樂的男人，則是會被她的挑釁惹惱吧。自尊心受傷的男人會採取的行動通常都是靠蠻力制伏，但她想必也有著足以擊退這種攻擊的手段。

像她這樣的人，不可能一如傳聞放蕩，畢竟她一點破綻也沒有。

蓋爾肯定也是因為深知她的為人，當時才沒有介入。

「你對我的妻子做了什麼？」

人還是不要多嘴比較好。

比剛才更加鋒利的視線，讓威德打從心底感到膽戰心驚。

「等、等等……你的眼神也太認真！真的有夠恐怖，別這樣，我只是習慣性地稱讚她而已啊。要怪就怪你老婆太有魅力了！我也是久違地想好好玩一下啊……！」

「真是的……你真的一點都沒有變呢。」

本來就知道他有多好女色，安納爾德很乾脆就退讓了，畢竟威德唯獨不會勉強不願意的對象這點頗受好評。

威德也很慶幸自己平常在對待女性時可說是「品行端正」，雖然對於一般情況來說，好像不太符合就是了。

「聯隊長大人也變了很多呢，大概沒有人能想像得到你對老婆如此傾心的模樣吧。」

本來深信他是個礦石般的男人，畢竟聽說就連他的長官都說他是個像人偶一樣的男人。

令人驚訝的是，沒想到光提到「妻子」一詞，就能讓他的態度產生這麼大的改變。

威德對於過去的同袍們，無法一起像這樣近距離體驗到這股震撼而感到惋惜。這麼說來，之前好像有在帝都盛大舉辦了一場南部戰線的慶功宴。安納爾德跟過去那些同袍應該都有受邀參加才是。他們那個時候有像這樣戲弄長官嗎？真想跟他們一同起鬨啊。雖然會有生命危險就是了。

「然而你老婆卻沒有像你一樣這麼戀慕對方，這也真是有趣了。」

「在你看來是這樣嗎？」

「與其說沒有仰慕你，她應該是不信任你吧。剛才勸她不要對你動真情，沒想到她竟然回了一句『我當然知道』呢。我本來還很感動地想真不愧是我們家的冰之聯隊長大人，果真不是浪得虛名的說……你到底是對你老婆做了什麼啊？」

她的那抹笑容就像面具一樣，應該是為了完美遮掩掉潛藏於底下的那份激情，而覆蓋上的蓋子吧。

可見安納爾德就是惹怒他妻子到這種程度，聯隊長是個那麼聰明的人，會讓人不禁臆測他是不是別有意圖，但總覺得他們真的相處得不太順利。

即使安納爾德夫妻倆關係不好，對威德來說其實也無關緊要，然而他欠了前長官一筆人情；在戰場上，那些高級娼婦真的帶給他最銷魂的夜晚。

這份恩情，讓他覺得就算要陪前長官稍微聊一下戀愛的煩惱也沒關係。

「原來如此。像你這樣的觀察能力，或許就是現在的我所欠缺的吧。那麼，請你告訴我要怎麼樣才會有效讓女人懷孕。」

「什……那個，聯隊長大人……您醉了嗎？」

「有在喝酒的人是你吧？」

「也是，不是啦，這我也知道，但是……」

對話的方向突然變得很奇怪，威德的腦筋一時轉不過來。

「呃，請問我可以加點一杯酒嗎？」

「如果那會讓你給出優秀的建言就可以。」

思考完全靜止的威德，茫然地看著安納爾德像在下達執行作戰的許可般，嚴肅地點了點頭。不久後加點的啤酒就送上桌，威德一口氣喝乾之後，在將空的啤酒杯重重敲在桌子上，同時拚了命地說：

「不，請先等一下，不應該問我這個話題吧？我可從來沒有失敗過，也不曾被女人逼著要我負起責任，這種事情應該要去問已婚而且有小孩的人才對吧？怎麼會以為我曾讓女人懷孕過呢？花花公子的鐵則，就是在避孕方面不得掉以輕心好嗎？要是讓女人懷孕就不能繼續玩樂下去了。」

「我是想，既然你會那麼小心翼翼地不讓女性懷孕，說不定反而比誰都知道會懷孕的方法。」

「咦，那不是問我也沒差吧？我想你的長官才更懂。」

「就算去問德雷斯蘭上將閣下這種問題，也只會被他戲弄而已。而且我已經試著做過他平時的行為舉止了，但那些都對妻子沒什麼效果，因此可信度很低。所以這次我才想務必問問你這個可以看穿拜蕾塔心思的人，有什麼建議。」

聽他冷靜做了這樣的說明，姑且是可以理解。但依然還是留有為什麼是找上自己的疑惑。

「要是參考玩得那麼勤的人，你老婆應該會生氣吧？」

「哦，閣下也是這麼說。這是為什麼？」

「因為像你老婆那種類型的人，會比較重視看不到的東西啊。像是你對她說的話或是你的心意，用替她著想的態度跟噓寒問暖之類的，表現你愛她的心意。」

安納爾德最不擅長的，大概就是不知道該如何表現出那種看不到的東西了。不過，總覺得莫弗利也說過類似的話。

「唔嗯，我愛她……是嗎？」

「咦，為什麼要反問這一點呢？正因為愛著你老婆，才會想要孩子吧？」

這麼一問，威德的眼神就對上安納爾德愣住的目光，這讓他的身體差點就要往後仰去。

「真的假的？拜託你不要說對此毫無自覺喔。」

「什麼自覺？」

「所以說，你想要一個跟心愛的妻子生下的孩子啊。」

「原來如此。果真可以當作參考呢。但不需要你擔心，我知道自己愛著拜蕾塔。畢竟已經被人提點過這件事了。只是真要說起來，現在不想讓她逃離的心情比較顯著而已。」

聽他這麼說，威德反而更加不安了。這是為什麼啊？一般來說應該會鬆一口氣才是吧？

被人提點過所以知道自己愛著對方？

比起這樣的心意，不想讓她逃離的心情比較顯著？

通常應該是愛情擺在前面，接下來才是不想讓對方逃離吧。還是說，以這個既冷漠又冷酷，令人聞之喪膽的安納爾德來講，光是知道自己對妻子抱持愛情就該滿足了呢？說到頭來，得知如果沒有人指點就沒有自覺時，感覺就有夠不安了……他也太遲鈍了吧？

威德難以斷定究竟該認為自覺愛情的前長官多少也有點改變，還是該為他一樣是這麼冷靜處事而感到傻眼。

不過，對方不是很在乎威德感到困惑的反應，並要他繼續說下去。

「所以說，該怎麼做才好？」

「唉，真搞不清楚你的個性到底是有沒有變耶……不過算了，反正也讓你請了一杯酒。確實，我不會在女人月事結束後的一個多星期內上床呢，會等對方的體溫升高之後，過一陣子再說。」

「體溫？」

「女人的體溫變化還滿大的喔。我會在抱起來很暖和的時候拜託人家跟我上床呢。常指名的女人跟我說，那段時間比較不容易懷孕。」

然而威德並沒有忘記要叮囑上一句。

「但是，請你務必忘掉以為我很容易搞砸、讓女人懷孕的誤會喔。」

抵達斯瓦崗領地之後的第四天。這陣子接連都是晴天，因此拜蕾塔決定到山間地帶的水利工程現場視察。那裡位於從領主館出發要搭四小時的馬車，下車之後，還要稍微走上三小時山路的地方。

同行的除了蓋爾跟安納爾德，還有特地從帝都請來的調查員及其助手。調查員是個為人和善的中年男子。也是為了這項水利事業，而從帝都的大學招募來的學者。從計畫的階段開始，就有在領主館留一處房間給他，但他好像一年到頭跑遍帝國各處，沒有太多行囊，也很有行動力，不管去哪裡都是靠著雙腳前行、充分研讀地質學跟土木學，是一位治水專家。熱衷研究又不修邊幅的地方，似乎害他受到貴族的討厭，但拜蕾塔對於他的能力有很高的評價。

跟著擔任調查員的學者在山路上前進時，走在身旁的丈夫突然搭話道：

「請留意一下腳邊。」

安納爾德牽起拜蕾塔的手，就朝他拉了過去。沒什麼能穩住腳步的河岸邊長滿青苔，很容易滑倒。之前都是讓蓋爾扶著前行。看樣子接下來就換成丈夫了。畢竟在賭注期間還算是夫妻，他似乎還是有要溫柔對待妻子的意思。

「謝謝。」

「手要握緊喔。」

總覺得一臉笑咪咪的丈夫跟平常判若兩人。

拜蕾塔無法理解他為什麼要表現得這麼親切。

就算是想表現出夫妻關係良好，這裡也沒有需要他這樣強調自己多愛妻的對象才是。但即使追問丈夫到底是在想什麼，總覺得也得不到明確的回答。

結果拜蕾塔也只能發出乾笑。

「夫妻倆感情真好呢。」

調查員閒聊般這麼開口。

「好不容易從戰地歸來，這是理所當然。」

一般來說從戰地歸來的丈夫並不會提出那樣瞧不起妻子的賭注就是了。

拜蕾塔強忍下想否認的吐嘈。

這位學者基本上只會對研究對象投注熱情，剛才那樣的發言，也不過像在說「今天天氣真好呢」這點程度的招呼而已。

「不過前陣子下的雨，讓道路變得寸步難行呢，上漲的河川水位也滿危險的。從這邊開始著手說不定比較妥當。喂，可以拿測量計出來嗎？」

「好的，博士。請用。」

矮小的青年從背後的包包裡拿出道具並遞了過去，學者在附近四處徘徊，完全投入自己的世界裡了。助手亦步亦趨地跟在他身後，看起來著實是令人莞爾的光景。

安納爾德就像在眺望風景一樣，面無表情地看著兩人的行動。這才是丈夫平時的態度，反而讓人覺得踏實多了。

「這麼說來，還得調查水質才行。你去幫我從各處採集一些樣本回來。」

「好的。」

「博士，我之前給你的那個粉末，這次有帶來嗎？」

看著博士跟助手的行動，拜蕾塔這麼問道。博士笑容滿面地回應：

「當然。等我經過多方測試之後，會再向您回報結果。」

「妳請他做了什麼呢？」

聽了跟博士這番對話而感到費解的安納爾德這麼問道。

「我交給博士一種可以改變水質的魔法粉末。為了確認那個成效，才會拜託博士測試一下。」

「魔法粉末？妳真的相當博學多聞呢。這次又在計畫什麼了呢？」

深感興趣的安納爾德瞇細了雙眼。巧妙地閃避話題的拜蕾塔，轉而看向蓋爾並對他搭話道：

「既然要進行修繕，就必須穩固地面了呢。」

「我們剛才走到這邊的整段路應該都要鋪過才行，運送建材到這邊感覺也要花上好一段時間。」

「我記得好像在資料上看過以前進行工程時，有拓寬別條道路的樣子。如果繞過去從上方下來，會不會比較快呢？」

接連向站在一旁的蓋爾拋出疑問之後，他環視了一圈就看向腳邊。

「是啊，我也看過那份資料了，我記得應該是位於這裡以北的地方……」

「不然回程時就走那邊回去吧，也要讓博士他們勘查一下比較好。」

「但不曉得前陣子那場雨對道路造成什麼影響，還是一起去確認比較好呢。」

見到蓋爾點頭之後，一抬頭看向安納爾德，只見他露出相當可怕的表情。

「怎麼了嗎？」

「妳的身體還好嗎？」

「啊？」

「咦，難不成少夫人是懷孕了嗎？」

不知不覺間剛好來到附近的青年助手頓時發出驚呼。

「您有孕在身竟然還來爬山，這樣也太亂來了吧？少爺也要阻止一下少夫人才行！我知道您好不容易從戰場歸來，能跟少夫人一起行動確實會感到很開心，但要更珍惜女性才對。說穿了，本來就不該帶少夫人走這種山路——」

月事來到第三天、有些貧血的時候還跑來爬山，會覺得頭暈目眩或許也是理所當然。大概是看不下去拜蕾塔一副臉色鐵青走路還搖搖晃晃的樣子，安納爾德才會這麼問吧。

這位單身的青年助手都只顧著照料學者，因此遲遲沒有人想嫁給他的樣子。他將女性視為神聖的存在，打從第一次見面時，不論各方面都很顧慮拜蕾塔的狀況。看著丈夫因為助手冒失產生的誤會而被這樣訓了一頓總覺得有些可憐，但也可以說是他自作自受。

看來安納爾德有著言辭過於簡略的一面。他會直接簡明地說出結論，因此恐怕會給不明白前因後果的人招來誤會。

如果他能藉此稍微自省一下就好了。

平常總是被耍得團團轉的拜蕾塔，一邊思索著要等到哪個時機點再出言搭救，並在旁觀望話題走向時，蓋爾便靠過來悄聲問道：

「妳真的懷孕了嗎？」

「是他誤會了，我只是有點貧血……」

「這樣啊。那回程就請走最短距離吧，上面的路線就由我跟博士去看看。」

「謝謝你，蓋爾先生。」

由於確實有點貧血的狀況，便坦率地接受蓋爾出自關心的建議。

這趟山路的回程便與蓋爾及學者他們分頭行動，畢竟拜蕾塔的臉色真的太糟了。

不知道面無表情地顧慮著自己身體狀況的安納爾德真意為何，一旦對他笑著說平常就是這樣，他也不再多說什麼。不過，拜蕾塔還是坦率地接受了蓋爾的提議。

現在確實因為貧血而感到頭昏眼花，既然現在要下山，真的希望能走距離最短的路線。

當拜蕾塔回到山腳邊、坐進停在那裡等待的馬車時，真的已是一步都動彈不得的狀態。在安納爾德的對面坐下之後，立刻就靠著抱枕閉上了雙眼。

這種時候，就會覺得有個沉默寡言的丈夫很令人感激。

此刻光是馬車的震動都讓人感到相當難受。

拜蕾塔下定決心，一回到領主館就要悠哉地泡個澡，接著窩到床上盡情耍廢。

就這麼閉著雙眼時，忽然間對面的座位傳來嘎吱的聲響。拜蕾塔懶得為此睜開眼，就這麼閉著雙眼時，就感受到有人坐到自己身邊來——是安納爾德。

為什麼要特地擠到身旁的座位來啊？不知道他究竟要做什麼而感到費解時，突然就感受到抱枕被他拿走了。在這種狀況下竟然還搶走人家倚靠的東西，要是現在有精神的話，早就對他埋怨起來；然而，此時就連這樣的氣力也沒有。

抱枕被拿走之後，取而代之的是一股結實又溫暖的感受包覆著自己。靠著輕薄襯衫的觸感，可以理解到安納爾德是讓自己靠在他的身上。

他的心跳聲規律地鼓動著，環過腰部的手也穩穩地固定住拜蕾塔的身體。

怎樣，是被他抓過去了嗎？

就在內心產生輕微的動搖時，察覺他將落到臉頰上的頭髮輕輕撥到一旁。因為拜蕾塔可以感受到一股緊緊盯著像在打量般的視線。

這樣看著人家的睡臉，也太沒禮貌了。

但也沒辦法斥責他不要看。

說到頭來，一旦去在意這些臉頰可能就會紅起來，因此也只能拚命不要去感受安納爾德的動作。自己不但貧血又不舒服，感覺快死了，馬車又晃動不已，明明閉著雙眼卻還是覺得頭昏眼花。

無論是他的心跳、溫柔地輕撫著自己頭髮的動作，還是力道強勁地穩穩抱住腰部的手臂，拜蕾塔全都假裝毫無察覺。

不然嘴角可能會不自覺失守，並湧上難為情的感受。

這就是丈夫沉默的溫柔嗎？

寡言的丈夫雖然很令人感激，但真希望他能說明一下自己的舉動。究竟是抱持著怎樣的意圖才這麼做的呢？

「真難堪啊……」

然而，悄聲脫口的這句話，讓拜蕾塔的眼瞼微微抖了一下。

這句難堪是什麼意思？

難道是指自己太過勉強跟來視察結果貧血，最後倒在回程馬車上這個狀況嗎？還是指其他事情呢？

安納爾德說話太過簡略了。雖然就現在這個狀況看來並不是要說給其他人聽，脫口的只是隻字片語也不成問題，但這若是在對拜蕾塔說的話，可就令人在意了，而且是非常在意。

或許正因為這種好強的個性，才會導致對丈夫抱持莫名敵視的心情吧。

很好，既然如此就接受丈夫的挑釁。

恢復精神之後絕對要讓他再也說不出難堪這種話——這麼下定決心的拜蕾塔一味地繃緊身子，並繼續閉著雙眼。

「哎呀呀，總算與您見面了，真是我的榮幸啊，父親大人。一段時間沒有見面，您的氣色看起來似乎更好了呢。」

拜蕾塔對著把工作都丟給別人，逕自過得悠閒快活的領主，一開口就是語帶嘲諷的責難，但內心的鬱悶當然不會這樣就感到舒暢。

在抵達領地一星期後，總算順利結束視察，並抵達此行最關鍵的溫泉地所在城鎮——堤蘭札姆，馬車就停在斯瓦崗領地迎賓館前的廣場上。

從出來迎接的鎮長及溫泉協會會長口中聽到公公瓦納魯多的名字時，自己的表情確實僵住了。當下光是不要讓自己用太過低沉的聲音與他們打招呼，就費盡心力。

拜蕾塔的月事已經結束了。也就是說，直到與公公見面為止，竟花了這麼多時間。明明要到各處進行水利工程的地點視察才能得出結果，領主竟然自從來到溫泉地的迎賓館之後就一直窩在房間裡，再怎麼說也太誇張了。

適度地打過招呼，便甩開替一行人帶路的人員、直接闖進據說是公公所在的房間之後，只見瓦納魯德大白天就一手拿著紅酒，一副悠哉又放鬆的樣子。

「那麼早就抵達這次的視察中最需要好好溝通的地方，領主大人的幹勁真是令人動容啊！如果不只是讓我們去視察，您也可以一同前來的話就更好了。」

「老夫的工作就是聽取報告。沒道理被妳這樣抱怨。」

「這樣啊，那我做完報告之後，也可以立刻返回帝都囉！」

「哼，要是以為老夫每次都會讓妳這個丫頭隨心所欲就大錯特錯了。妳這傢伙才是想繼續留下來吧？這裡可是老夫的領地，只要乖乖聽話，在各方面都能讓妳便宜行事喔。」

一邊說著不知道是哪來的壞人般的台詞，他毫無畏懼地笑了。看起來雖然煞有其事，但自己並沒有想要打倒他，彼此也不是站在敵對的立場。

本意只是希望他能好好工作，為什麼會自信滿滿地說這種話啊？

「哎呀，這是什麼意思呢？」

「聽好了，這裡可是代代皇帝的寵妃都心生嚮往的土地，能讓肌膚保持水嫩又柔軟這般極致狀態的美肌溫泉，難道妳都不享受一下就要離開了嗎？」

原來如此，對女性來說，即使要深切懇求也想體驗這裡的溫泉是吧？

看來那些爭相得到皇帝寵愛的女性們，都想著要精心保養自己的肌膚。

「非常可惜的是……父親大人，我沒有非得那樣做的必要。」

拜蕾塔既沒有這方面的競爭對手，也沒有特別讓誰看自己的肌膚，因此都只做最基本的保養而已，並沒有特別想要透過泡溫泉來保養肌膚。

「咕……仗勢著自己年輕，妳總有一天會後悔！」

不知為何，公公感覺很不甘心地咬牙切齒。

站在他身旁的侍從只能無奈地聳聳肩。
「老爺，您乾脆一點認輸，還比較有男子氣概喔。」
「吵死了，少多嘴。你也不要只會在那邊看，管管自己的老婆好嗎？真是個目中無人的臭丫頭！」
公公朝著不知不覺間站到拜蕾塔身後的安納爾德這麼飆罵，雖然讓人不禁覺得只是敗犬在叫囂，然而丈夫只是流露平靜的眼神看著他。
「妻子的肌膚真的很漂亮，當然沒必要吧？摸起來可是無上的觸感。」
「呃，啊？」
他在說什麼啊？應該說，丈夫這是在爆料什麼啊？
聽到他說起肌膚，腦海中便浮現房事的情景，讓拜蕾塔的臉頓時紅了起來。
「這是在晒恩愛嗎？別在老夫房間裡做這種事，你們立刻出去！」
拜蕾塔就這麼跟若無其事做出那種回答的丈夫一起被趕出房間了，根本無所適從。
漲紅著臉的拜蕾塔，旋即瞪向站在身旁的丈夫。
「你為什麼要在父親大人面前說那種話！」
「我只是把想到的事情照實說出來而已。比起這個，難得都來到這邊了，我們也去泡個溫泉吧？最近一直都在搭馬車，溫泉可以好好放鬆疲憊的身體呢。」

安納爾德一點也不覺得自己哪裡有錯的樣子，臉上揚起一抹微笑。

察覺那其實是惡魔的笑容時，就已經來不及了。

「咦，你為什麼也要脫衣服？」

跟在被一路帶往領主專用浴池的安納爾德身後走著，來到一處位於迎賓館後方的岩石區，溫泉從上方源源不絕地落下，這裡是天然的岩區溫泉，就連溫泉匯集的地方都鋪滿了磁磚。上方有從建築物延伸出來的屋頂，但也看得見天空，左右兩邊是用一顆顆樹環繞而成的圍籬，也有設置櫃子。

這片浴池寬敞到就算讓十位成人同時泡也綽綽有餘。當拜蕾塔不禁為此發出感嘆時，也對著突然就開始脫衣服的安納爾德投以冰冷的目光。

他經過鍛鍊的體態相當優美，在西斜的陽光照耀下看起來更是閃閃發亮。內心一邊鞭笞著自己不要看到入迷，但眼神還是不禁停留在他緊實的腹部上。赤裸著上半身，甚至鬆開皮帶的他，滿不在乎地指向設置在角落的櫃子。

「脫衣籃就放在那邊，等妳衣服脫光之後，我再替妳沖個熱水。」

「為什麼要一起泡溫泉呢？」

這麼豪華的浴場，拜蕾塔比較想不受任何人打擾，自己一個人悠哉享受。而且現在才傍晚，太陽還掛在空中，以要在人前脫得一絲不掛來說，四下也太亮了。

「我們是夫妻，當然要一起泡溫泉。而且這也是賭注的一環喔。」

夫妻一起泡溫泉是理所當然？

就在拜蕾塔還為此感到茫然的時候，安納爾德便伸出雙手環抱住拜蕾塔。如同雕像般結實的胸膛直逼眼前，讓人不禁倒抽一口氣。

「泡溫泉可以有效緩解肌肉痠痛。搭乘馬車時，長時間都要處在同樣的姿勢，想必也讓妳感到很疲憊吧？」

一邊說著，他一邊解開了拜蕾塔背後的洋裝綁帶，洋裝也因此從肩頭滑落，全身就只剩下貼身衣物。拜蕾塔連忙遮住胸口，安納爾德則是不解地歪過頭說：

「妳好像覺得很熱呢，身體紅通通的喔。」

「——！那還用說……咿呀！」

安納爾德的舌頭滑過頸項，並用舌尖溫柔地舔了一下，誘人的刺激讓拜蕾塔不禁發出拔高的聲音。

「都還沒泡進溫泉，妳的身體都已經熱起來了呢。是心生期待了嗎？」

被他捉弄般地取笑，讓拜蕾塔感到更加羞恥，不禁湧上一股惱火的情緒。
或許身體是有所反應，但絕非自己想要。
「並不是！」
「我都抱過妳多少次了。比起妳自己，我更了解妻子的身體吧？這不是想要到雙眼都濕潤起來了嗎？喏，這裡是妳很有感覺的地方，舒服吧？」
他用得意洋洋的語氣如此耳語。然而當他鎖定目標的手愛撫上肌膚，反駁的話也都變成嬌嗔了。
「妳確實滿喜歡慢慢來的，但其實覺得激烈一點也不錯吧？今天妳想要哪一種？」

安納爾德抱在懷中的，是穿著浴袍的妻子。
無論是因為熱氣而泛紅的臉頰，還是安穩地陷入沉睡時，那纖長的睫毛所留下的影子。
雙手感受著拜蕾塔的重量，一邊用身體慢慢享受並抱著暈過去的她，安納爾德心滿意足地走在迎賓館的走廊上。

朝著分配給夫妻倆的房間走去時，蓋爾正從對面走了過來。雖然是在迎賓館裡，但也是領主專用的私人建築物。傭人們就算了，照理來說應該不會跟姑且算是賓客的他在這裡碰面才對。

「拜蕾塔小姐？她是怎麼了？」

在這麼感到費解時，蓋爾看著懷中的妻子，臉色大變地這麼追問。安納爾德為了遮住拜蕾塔的臉，自然而然地將她壓向自己的胸膛。

「她不過只是在溫泉泡昏頭而已。」

「這、這樣啊。」

在溫泉裡做得太沉迷是自己不對，但沒必要赤裸裸地說出這些。

那種事情只有自己知道就夠了，這是丈夫的特權吧？

一邊回想著直到剛才妻子那樣堪稱妖豔的身姿，安納爾德注視起蓋爾。

真不愧是跟王族有血緣關係的人，容貌相當端正，精悍又有男子氣概。在她身邊有許多容貌端正的男人，但很少有能讓妻子敞開心房相處，安納爾德忍不住猜想她大概喜歡這樣的長相，不禁打量了起來。

不只是容貌而已，劍術也很了得；不只是指揮現場，還能綜觀全局；對他人照料周到，也很會交付適度的工作給部下。到處都能聽到稱讚他是理想上司的評價。

要不是叛離鄰國，肯定是一直都身居高位。他自己似乎沒有想要返回鄰國，但其實有收到他的家族及周遭的人策畫著讓他東山再起的報告。

這樣的男人，對妻子抱持著戀慕之情，以情夫來說可謂強敵。

更重要的是，他很珍惜拜蕾塔。那份情感雖然接近崇拜，但相對的也很單純。

甚至讓人覺得比起自己，他還比較適合她。

自己會不會搞錯參考對象了呢？事到如今，安納爾德總算開始考慮起要怎麼改變計畫。說到頭來，總覺得向她提出賭注就是一大敗筆了，但無論怎麼回想，都覺得在那個當下並沒有其他更好的方法，還可能早就讓妻子逃離自己身邊，因此關於這件事也只能睜一隻眼閉一隻眼了。

「我覺得，呃……你應該要再更珍惜她一點比較好吧？」

「我很珍惜她。」

「但她很想逃離你身邊。」

「我不知道妻子跟你說了什麼，但我並沒有打算要放開她。」

「要不要逃離你身邊，是要由拜蕾塔小姐自己決定才對吧？既然你不想讓她離開，難道不是更應該要好好珍惜她嗎？」

他說出這番像是建言的話，讓安納爾德在內心不禁瞠目結舌。

他想必是會被人稱作濫好人的那種人物吧？畢竟一般來說，才不會像這樣為情敵助攻。

換作自己，大概會放出假消息並讓對方幻滅。

儘管這麼想，但也覺得就算做了這種事，大概也得不到拜蕾塔吧。無論羅列出多少對情敵不利的事情，她也只會當作是一項情報，並試圖去找出真相，或者去蒐集更多準確的情報吧。

接下來，她就會在那些龐大的資訊當中，找出真相。

安納爾德知道拜蕾塔就是這樣的人。

儘管覺得不太高興，安納爾德還是試著向蓋爾問道：

「我是自認有好好珍惜她……但舉例來說，你覺得有哪裡該改善嗎？」

「咦？呃，哪裡……該改善嗎……這個嘛，至少在她臉色不太好的時候，扶她一下之類的。」

大概是沒想到會被問及這種事情，蓋爾也一臉困惑地回答。從他在這種狀況下還是會回答看來，果真是個濫好人。

「她不喜歡被人過度關心，尤其是在她感到脆弱的時候。」

「所以說，只要表現得若無其事，不要被她察覺就好了吧？」

「原來如此。但既然沒被她察覺，這個行為本身還有意義嗎？」

「她是個聰明的人，總有一天會察覺到的。她討厭的，應該是被人露骨地強押的善意吧？」

安納爾德佩服地想著果真要多向他學學，也認真聽取他的建議。

好像只要靜靜等著總有一天會被察覺，並反覆釋出若無其事的善意就好了。

與此同時，卻也覺得這是適合蓋爾自己的行動。

那想必只能得到他現在這樣的立場吧。

自己想成為對她來說更特別的存在。儘管安納爾德也不清楚，那究竟是怎樣的存在就是了。

看著安納爾德陷入沉思，蓋爾忽然露出苦笑。

「看樣子你並不是一如我之前所想的那種人。傳聞都說你是個不但冷血，還連一點感情都沒有的人物……可見傳聞終究不可靠呢。」

不知道算不算受到他的稱讚，但是不是總之該向他道謝才對呢？

就在這麼思索的時候，拜蕾塔打了一個小小的噴嚏。

「請盡快讓她休息吧。」

「好……那我們先走了。」

安納爾德點了點頭，結束了這場與情夫的偶遇。

拜蕾塔在堤蘭札姆度過了一段平穩的日子，不只向總算見到面的瓦納魯多報告了至今視察的結果，也協助整理出要用來說服反對水利工程、溫泉地的那些大人物們的資料。話雖如此，拜蕾塔光是將向公公說明的內容重新寫成會議使用的資料，就花掉一整天的時間，但至少不用跑來跑去的，身體也輕鬆許多。

然而，唯獨丈夫的態度很不可取。

「這隻手是什麼意思呢？」

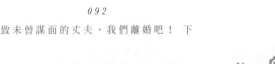

隔著快要吻上的距離並伸手遮住他的嘴，那雙祖母綠眼就流露出難以接受的情緒。他的手此時正在解開拜蕾塔睡衣胸前的絲帶。

放在床頭邊的桌燈亮光，微微照亮了那修長的手指。

「我們賭注的一個月應該結束了吧？」

被安納爾德壓上床的拜蕾塔撐起上半身這麼一問，他便不解地眨了眨眼。

自從來到這裡之後，每晚都會上床。這反應一副好像覺得是拜蕾塔每晚都很期待似的，令人難以接受。

這姑且是基於賭注才有的行為，自己一點也不想積極去做。

但從眼前這個男人理所當然地壓上身的態度看來，似乎是一點也沒有想過妻子是這麼不甘願。所以現在才會像在表達無法理解似的，反覆眨了眨眼。

到了今天，總算找到可以拒絕他的理由了。

「也是呢，自從初夜之後，今天剛好滿一個月。」

「那麼，賭注可以算是結束了吧？」

沒料想到丈夫會這麼乾脆地肯定，但拜蕾塔還是果斷地這麼說。照他的個性看來，本來還做好覺悟，以為他會說什麼還沒經過一個月之類的詭辯，看樣子是沒有要蒙混日期的樣子。而且就連拜蕾塔月事來的幾天，也確實算進賭注的期間之內。

在對此感到放心的同時，卻也覺得有些寂寥，然而拜蕾塔對這樣的自己感到惱火。感覺像是想留下自己，但實際上又像在說不是自己也沒差一樣。

說穿了，安納爾德究竟是在做什麼打算？

一舉一動就像個疼愛妻子的人似的，細心關照拜蕾塔的身體，並牽制著蓋爾。另一方面卻又瞧不起人似的說拜蕾塔難堪，現在賭注期間都結束了，也沒有表現出任何動搖。

難道自己是希望他能產生動搖嗎？

當賭注結束，看到丈夫在面對離婚的結果時多少有點狼狽地挽留自己，就會滿足了嗎？

竟想要求那個冷血狐有這樣的表現？

那也未免太過愚蠢。

大概只是因為跟他上床過好幾次，才會湧現這樣的意亂情迷。畢竟他對拜蕾塔來說是第一次的對象，也是讓她牽扯上至今一直敬而遠之的戀愛的人。

「妳明天要開會對吧？」

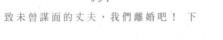

安納爾德突然這麼問道。

主要成員總算預計明天會全部抵達堤蘭札姆。要調整跟治水工程相關人員的日程相當困難，沒想到為此花了不少時間。

但這場賭注結束，跟明天的會議究竟有什麼關係呢？

「是沒錯，但這跟你有關係嗎？」

該不會是因為之前有一起去視察，所以他也打算出席明天的會議吧？瓦納魯多應該會為繼承人拿出幹勁而欣喜不已吧？但一想到，或許是思及當拜蕾塔離開之後要接手工作的事情，就莫名覺得悲從中來。

「……是時候了吧？」

「咦──嗯嗯！」

安納爾德悄聲低語之後，就這麼吻上拜蕾塔。

隨著一道輕啄的聲音而分開的嘴唇揚起弧度，頓時惹怒了拜蕾塔。

「怎、怎麼……！賭注已經結束了吧？」

「因為初夜是在深夜，而現在距離深夜還有段時間吧。更何況，妳這副誘人的模樣實在太魅惑人心了。」

「哪裡有誘人的模樣……」

拜蕾塔現在身穿輕薄的絲質睡衣，合身的剪裁貼著肌膚，讓身體曲線一覽無遺。而且胸前的絲帶被解開，明顯強調出深邃的乳溝。

「還不是你解開的！」

拜蕾塔下意識用雙手遮住胸口，沒想到受到動作推擠的胸部，讓乳溝更為明顯，並完全暴露在丈夫的視線之中。

「真是高招。嘴上這樣責難，卻又進一步地誘惑啊……」

「我不知道你說的是什麼意思，但請你不要這樣盯著看。」

安納爾德緊盯著的視線，就像沿著拜蕾塔的身體曲線由下往上看去。光是如此，不知為何總覺得身體就漸漸發熱起來；都交纏過好幾次了，唯獨這個狀況怎樣都不習慣。

「妳的臉很紅呢。」

他的大手掌心格外溫柔地撫摸拜蕾塔的臉頰，修長的手指就這麼撫著上唇緩緩劃過，一種像是搔癢般難耐的感受便襲向全身。令人焦躁及害羞的感受，卻伴隨著很有感覺的一陣舒坦，讓腦袋一片混亂。

就這樣，像要交纏著呼息般的深吻襲來，並隨之倒向床上。

到頭來，無論是拜蕾塔的反駁還是反抗，全都被熱情給捲走了。

抵達堤蘭札姆的三天後，主要成員總算齊聚一堂，關於水利工程的會議也隨之展開。

「那麼，會議就此開始。」

身為領主的公公就坐在正面，左右兩邊則是持反對意見的雙方，隔著長桌就坐。

坐在公公左手邊靠窗座位的，是以堤蘭札姆的鎮長為首，還有溫泉協會會長、靠溫泉賺取利益的商人代表，以及、旅宿業者的代表。另一邊靠近入口之處，則坐著水利工程負責人拜蕾塔、蓋爾，還有以調查員身分參加的學者。

順帶一提，公公身旁站著一位侍從。安納爾德則是從會議前就不見人影而缺席。那個人到底有沒有身為繼任領主的自覺啊？拜蕾塔不禁憂慮起來。

結束各方的招呼之後，立刻就進入正題。

「那麼，在此宣讀陳述狀。」

堤蘭札姆鎮長提出，溫泉水量受到水利工程的影響而減少，收益也為此受到影響，希望可以中止堤蘭札姆鎮周圍的水利事業，並懇請設法讓溫泉恢復原本的水量。

「原來如此。溫泉水量減少是一大問題，但你們也有做過調查了吧？」

公公一臉嚴肅地點了點頭，他的眼神隨後就看向拜蕾塔。對上這道視線之後，她朝著身邊的兩位看去，並點了點頭。

「博士，麻煩你了。」

「好的好的。關於前幾天調查的結果，玫典納河的支流的確有礦泉……啊～也就是溫泉啦，有混雜在一起的情形。從我們對水質進行的調查回推，大概每分鐘有三噸左右的溫泉水量流入其中。」

「你說三噸，豈不是接近現在湧泉量的三成了嗎！」

溫泉協會會長難以置信地喊道。

「但我們認為這可能是新湧出的泉水，於是我們沿著河川調查，察覺有幾個湧泉地點改變了。為此，才會造成流入這片土地的泉水量減少。」

「所以說，從博士的觀點看來，這跟水利工程沒有關係，是吧？」

「但流向還是改變了啊！說到頭來，砸下這麼龐大的事業費用進行這項工程，有意義嗎？」

「將那筆費用拿來修繕溫泉旅館的報酬率，不是更高嗎？」

反對那方的意見頓時爆發出來。

看樣子，他們也累積了不少憤懣。

提升生活品質、最終也算是為了保護領民性命的這項事業，從損失的觀點看來，或許無法得到對方的理解。

「蓋爾先生，麻煩你了。」

「好的。戰時常被要求建設橋梁，通往鄰國跟帝都的道路也都進行過重點式的整備。但橋梁經常遇到水災而被沖走，街道修繕的工程也頻繁進行。這裡是自戰爭開打以來八年間的水災狀況以及修繕記錄，根據這份資料，最多曾在一年中遭受十三次水災。關於災害的狀況，各位想必也都很了解吧？畢竟堤蘭札姆鎮也曾經受害，聽說還有途經此地的商人們的貨物都被沖走了。當時損失的金額，總計接近一年水利工程費用的五倍。」

蓋爾看著手中的資料，流利地進行說明。畢竟擺在眼前的是經過縝密計算的證據，持反對意見的他們全都閉口不言了。

而且實際上也有受災的經驗，或許是回想起當時的記憶了吧？

斯瓦崗領地的水災特別多，畢竟山區地勢陡峭，只要雨勢接連下個不停，河川就會氾濫。當水勢沿著山坡沖刷下來，城鎮上的一切就全都會付諸流水。

「這次的水利工程才剛開始而已，因此無法立刻斷言，但我們相信今年的水災可以抑制到五次以下。這還是包含了在工程尚未結束的區域可能會發生的次數，不如說，這反而是該推進水利工程的根據。」

「誰、誰相信這種話……」

「會這麼說，是因為有與斯瓦崗領地在三代前進行水利事業時的情況相比。當時的水災受害程度大約八次。這次進行工程的範圍會比三代前還要寬廣，想必更能實際感受到成效。」

「但你要怎麼解釋溫泉水量減少這件事？能夠確保不會繼續減少嗎？」

溫泉協會會長一開口，學者立刻進行說明。

「我們調查過地質，並確保新的湧泉地點，只要在進行水利工程的同時接通管線，應該就沒問題了。」

他們應該也有自己調查過湧泉地點，看樣子終究還是贏不了學者的推測。從他們的表情看來，似乎也為了沒想到竟然位在那種地方這點而感到驚訝。

身為調查員的學者雖然是個怪人，但他的腦筋值得讚揚。

「聽說有部分工程現場的人變得像暴徒一樣，這又要怎麼解決呢？」

「對啊，據說還有商人遭到襲擊耶。」

拜蕾塔看向蓋爾，但他也露出為難的表情。

「請問具體來說是什麼時候、在哪裡，當時又是怎樣的情況呢？」

「不，我們也只是有所耳聞，不清楚詳細狀況就是了。不如說，領主大人及各位有沒有聽過這方面的事情呢？」

「確實是有因瑣事而引發的紛爭，但據悉並未演變成太嚴重的問題。但襲擊商人一事，又是怎麼回事呢？」

「是從帝都來的那些商人們說的，好像有些工程現場的人搶奪他們的商品，或是找他們麻煩的樣子。」

得知新的問題，拜蕾塔不禁咬緊了下唇。

「而且他們還說，帝都好像有軍事政變在蠢蠢欲動，還要那些退伍軍人多加警戒的樣子。才為此繃緊神經之時，就發生了這次騷動，似乎還打算暫時先不要靠近我們這邊。要是沒有商品送過來，各方面都會頓時停滯下來。」

「軍事政變嗎？」

這個詞實在難以跟慶功宴那時歡天喜地的帝都光景聯想在一起。公公跟蓋爾應該不曉得帝都的氣氛有多麼歡騰，但應該仍覺得才剛贏得勝利的國軍們，竟然要引發軍事政變，著實不太對勁吧？蓋爾不禁脫口般這麼呢喃。看了公公一眼，只見他也是抱持存疑的態度，好像從未聽說過這種事。

拜蕾塔也還反應不過來，但總覺得昨晚安納爾德的確有說過類似的話。記憶之所以會這麼曖昧，正因為他是趁著在做的時候一邊講的。羞恥與怒火交織而成的情感，在旁人眼中或許會認為是感到動搖。

「老夫這邊會進行調查，現在時間也差不多了，暫時休息一下吧。」

瓦納魯多依然是一臉嚴肅的樣子，做出這個結論。會議至此，變成出現新的問題，必須再次進行調查並擬定對策，暫時休息。剛好到了午餐時間，一行人便一起前往餐廳。

鎮長、會長以及商人們跟在率先離席的公公身後，走出了會議室，因此拜蕾塔也大嘆了一口氣。

此時身旁的蓋爾探著頭看了過來。

「辛苦妳了，拜蕾塔小姐。」

「沒想到不只是工程現場的人之間有紛爭，還跟商人發生過爭執啊。」

「是我身為現場的總負責人沒有管理好，對不起。」

「不，蓋爾先生已經將大家看顧得很好了，報告也都寫得很詳盡，讓我很清楚現場的執行狀況。更何況牽扯到軍事政變的話，就不再只是純粹的領地問題而已了。」

「回去之後，我會立刻向那些從戰場歸來的士兵們確認。」

看著蓋爾一副現在就想回去問個清楚的態度，拜蕾塔也不禁苦笑。

「總之，請先聯絡一下你的部下吧，改天再進行問訊調查。到了下午，會議也要繼續開下去，蓋爾先生要是離開了我可是會很傷腦筋呢。」

「我知道了。」

這時，拜蕾塔也向準備前往餐廳的博士搭話道：

「也很謝謝博士的幫忙，下午還要繼續麻煩你囉！」

「這種場合總是讓人覺得倍感壓力呢。」

「呵呵，你這麼努力應對是我的光榮。午餐時就可以好好放鬆一下了。我替你安排了與父親大人他們不同的桌席。」

「那真是太令人感激！聽妳這麼說，肚子突然就餓起來了。」

「我也有邀助手一起用餐，兩位請務必好好享受一下喔。」

拜蕾塔對著走出會議室的博士背影這麼說，真希望他有聽到。

回過神來，會議室裡就只剩下拜蕾塔跟蓋爾而已。

「我們也去吃飯吧，蓋爾先生應該餓了吧？」

「那個，拜蕾塔小姐……妳的身體狀況還好嗎？」

「咦？身體狀況？」

蓋爾一副難以啟齒的樣子，卻還是露出相當擔心的表情看著拜蕾塔。畢竟這幾天拜蕾塔幾乎都待在迎賓館安排給領主家人的房間裡。不但要為了這場會議忙於蒐集資料，還得向公公提出各式各樣的建言，可是蓋爾感覺好像也不是在擔心這些。

「怎麼了嗎？」

「呃，剛抵達堤蘭札姆時，就碰上安納爾德先生正抱著好像是在溫泉泡昏頭的妳……」

拜蕾塔頓時想通了。

想通的瞬間，也不禁回想起剛抵達堤蘭札姆那天傍晚所發生的事情。

安納爾德隨心所欲地要了妻子的身體好一段時間。甚至連還沒踏入溫泉時也是。後來就在中途暈了過去。

拜蕾塔一心為了自己怎麼沒在賭注上標明次數而懊悔不已。不僅如此，那晚他依然襲上身來。

「讓你見到那麼難堪的一面真是抱歉。我已經沒事了，總之先去吃飯吧。下午的會議更耗體力呢！」

看到拜蕾塔頓時臉紅的反應而有所察覺的蓋爾放心般揚起微笑，並配合話題點了點頭。大概是理解到拜蕾塔的身體狀況沒什麼問題吧。

「也是呢，對方應該不會那麼輕易接受往後的工程計畫。」

「所以說，才要搬出祕技。」

「喔喔，就是視察時妳說的那件事吧？希望可以順利呢。」

「雖然不知道能處理到什麼程度，但我會盡可能做到最好。」

下午的會議開始之後，在向所有人進行工程計畫的說明時，與會者的臉色果不其然越來越差。畢竟上午提起軍事政變的事情時，也已表現出遲遲難有進展的態度，拜蕾塔不禁悄悄嘆了口氣並更加繃緊神經。攤開領地內的地圖之後，便與大家一起確認工程的地點。

「以上就是今後的工程計畫。」

「為什麼工程已經做完的地方，還會被列入今後的計畫當中呢？」

聽完蓋爾的說明，堤蘭札姆鎮長提出疑問。

「因為有補強的必要。」

「什麼補強，那裡的工程基本上都做好了吧？有脆弱到需要修繕的程度嗎？」

「由於河川裡混雜了高濃度的溫泉成分，因此發現河堤上有幾處龜裂。」

「你說什麼？」

「意思是即使耗費了這麼龐大的費用，也無法維持太久嗎！」

溫泉協會會長立刻像在哀號般大吼出聲。從這份預算看來，這個狀況確實會遭人責難。

「我記得你們一開始有說明足以維持二十年左右吧。東西當然是會漸漸劣化，但要是這麼頻繁，整項工程究竟要多久才能結束啊？」

「那樣說明是以沒有大量礦泉混入河川為前提。由於幾年前發生的地震造成地殼變動，湧泉的地點才會跟著改變。上午也有向各位說明過，在下游尾端的地方有高濃度溫泉流入，對吧？」

博士的說明讓對方三人都頓時語塞。

「哪有這麼荒唐的事業，領主大人，現在是否該重新審視一下整個計畫呢？」

商人傻眼地看向公公，只見他也是扳著臉不發一語。

既然要著重於數字，真希望他們可以把焦點擺在別的面向。說到頭來，這些人究竟把人命當作什麼了？追求利益跟守護領民性命是兩回事。確實領地要是沒有利潤收入，原本能夠守護的性命也會不保，但不應該做出以利益為重，並讓性命暴露在危險之中的行為。

然而，為了能讓他們接受就得產生利益才行。看來只是降低損失的數字，對他們來說並不是那麼重要。

拜蕾塔也身為經營者，當然很清楚為了讓公司運作下去就必須追求利潤，但在現場做事的員工也都是人。拜蕾塔很清楚，光是做出讓他們能夠有效率地工作的安排，就能減少損失並提升利益。

拿起手邊的資料，頓了一下後，拜蕾塔便說明道：

「要中斷擴展到這個程度的事業，所造成的損失會更為龐大。這邊是直到十年後的工程費用累計總額。至於發生災害時的損失金額，上方的是以有繼續進行這項事業，下方則是沒有繼續進行為前提，所做的預測結果。這樣，大家可以了解工程費用有多麼微不足道了嗎？」

「既然只是預想發生災害的狀況，就不一定真的會發生這麼多次吧？」

「這是當然。但這是取歷年來受災狀況的平均值。是用過去二十年內在這片領地發生水災時，受災總額的平均值去計算出來。」

這絕非經過灌水的數字。水災就是會造成這麼嚴重的災害，也會受到莫大的損失。

話說至此暫且打住之後，拜蕾塔環視了在場的所有人。

「另外，這次新的湧泉地點將會開放給領民使用。預計會建設一處可以安全泡溫泉的設施，也會整備出一條通往溫泉地的道路，因此會降低溫泉稅以提升集客率。」

堤蘭札姆鎮是為了貴族們所打造的溫泉療養地。所有東西的費用都是貴族基準。因此雖然每一次的單價很高，周轉率卻很低。但這部分就照舊經營，並另外打造一個平民也能享受的溫泉設施。儘管每一次的單價皆為小額，若能提高集客率，也會積少成多。

「啊？」

「意思是在肯尼亞鎮也會另闢一個溫泉區嗎？」

「由於客層完全不一樣，因此對堤蘭札姆這邊不會造成影響，這只是為了多少抑制工程費用的一項策略。」

「那可以解讀成也會讓我們參與新的溫泉區計畫嗎？」

真不愧是商人代表。肯定是馬上就察覺這項計畫有利可圖了。

會感到不安的，應該是溫泉協會會長跟堤蘭札姆的鎮長吧？

雖說客層不會重複，但畢竟至今都自詡為唯一的溫泉區，往後就再也不能這樣宣稱了。

「要打造一個新的溫泉區，應該只會造成更大的負擔吧？一味地增加工程費用也不太好。如果打造出來卻因為水質有問題而毀壞，豈不是虧大了？屆時應該沒辦法應對吧？」

堤蘭札姆的鎮長皺著臉拋出這番話。

原來如此，要譴責的話想必是針對這一點吧？但這也在預料之中。

接下來就是關鍵了，拜蕾塔揚起親切但自信滿滿的微笑。

「首先關於溫泉設施，由於只是要蓋出一區簡單的建物，不會耗掉太多費用，試算金額請參照下一頁的資料，預計在營運第三年就能回收所有資金，在那之後的利潤相當值得期待。另外則是關於水質的問題，這方面已經做好準備了。」

「妳是說水質吧？」

「是打算要怎麼改善啊？」

「使用蒂法石。」

「蒂法石？」

所有人腦海中應該都浮現了那種多孔質的石頭了。由於以前的建築物多會採用這種建材，因此像在位於帝都的美術館跟歌劇院都有使用。以身邊的例子來說，這處迎賓館在初期建造的部分亦然。由於別館是後來才改建的，所以用的是別種建材。不過像是地基這樣看不見的地方，也是用蒂法石打造。

「那種東西有什麼作用呢？」

「只要在礦泉中加入蒂法石，就會變成純水了。因此，會設置蓄水池，並在裡面加入蒂法石的粉末。之後只要重回河川並緩緩流入下游的蓄水池，確認過水質之後，再次接回到河川即可。」

博士這麼解釋。

「你說什麼？」

「如此一來，下游河域就會重回原本的生態系，魚兒也會回來喔。當然，也得以減輕堤防的耗損。」

聽了博士的說明，眼前男人們目瞪口呆的表情可真有看頭。他們應該覺得這就宛如魔法一樣吧？混著溫泉水的河川對生態系會造成負面影響，儘管不至於到惡臭的程度，但也會因為溫泉特有的嗆鼻氣味，導致那附近無法住人。然而，只要水質有所改善，人們可以居住的區域也會跟著拓寬開來。

之前交給博士的那種可以改善水質的魔法粉末，就是蒂法石。請他測試過之後，成效相當顯著。還在帝都時就已請舅舅先買下來，現在也收到了採購足夠數量的回報。

「我們有在考慮也在堤蘭札姆鎮實行這項措施。」

「這座城鎮也會有嗎！」

堤蘭札姆鎮長的表情都亮了起來。在他身旁的商人代表則是沉吟了一陣子。

「唔嗯，原來如此。我之前就有耳聞海雷因商會大量收購南部的蒂法石，還以為是要蓋什麼大規模的建案，但好像又指定不論大小都行，我正覺得困惑不已呢。」

「哎呀，現在要賣也還不遲喔！只要價格公正，我們還是會收購的。」

「這樣啊，那我們會考慮一下。哎呀，真不愧是海雷因商會的地下會長呢。」

「什麼？」

他剛才說了什麼？

海雷因商會的會長是舅舅，除了他以外不可能還有其他人。

總覺得聽到什麼奇怪的稱呼了。

「哦，您不曉得嗎？拜蕾塔小姐在我們商人之間赫赫有名，被稱為地下會長喔。」

「真是厲害呢。」

當拜蕾塔在露臺仰望夜空時，蓋爾不知不覺間站到身邊來。

在迎賓館享受完晚餐會，現在那群男性們正熱絡地玩著遊戲。大概是悄悄從中脫身的蓋爾，舉起雙手拿著的酒杯，並將其中一杯遞了過來。

「全都在妳的掌控之中。」

「哎呀，真討厭，把我講得像是反派一樣呢。」

說拜蕾塔是海雷因商會的地下會長什麼的，講得好像是操縱一切的幕後黑手一樣。

她一皺起臉，蓋爾便感到有趣似的笑了。

「我是在稱讚妳啊，應該說對妳敬佩不已呢。敬拜蕾塔小姐對領民的慈悲心。」

拜蕾塔接下遞過來的酒杯，兩人便一起高舉到眼前。

隨後就喝了一口，清爽的柑橘類香氣挑逗著鼻腔。正在品嚐之時，蓋爾用玩笑般的語氣說：

「這杯慶功酒的味道怎麼樣？」

「說什麼慶功……現在還在途中而已喔，畢竟目標不但遙遠，還很花時間呢。」

「呵，妳這個人就是這樣，總是往上看不到盡頭。屆時跟少爺離婚之後，妳還會繼續守護著領民們嗎？」

「以蓋爾先生為首的負責人都很優秀，就算沒有我，也不會產生任何問題。」

「妳要是離開了，我說不定會逃亡喔。」

「那問題可就大了！」

「如果妳願意來到我身邊，我就會很樂意地為妳留下來。」

拜蕾塔看著蓋爾很有男子氣概的面容，輕輕地笑了。

「當蓋爾先生決心離開這裡的時候，想必是你的國家陷入了萬劫不復的事態，我區區的要求不可能留得住你。」

「被妳查出我的出身背景了啊。」

「別看我這樣，消息可是很靈通的喔。」

「當我第一次跟妳見面時就知道這點了，但妳毫不留情地將工作推給我，才讓我以為妳會不會其實不曉得。畢竟就連那些知道我身分的部下們，至今還是畢恭畢敬的。」

「哎呀，這麼說真過分。不然我從現在開始恭敬以待好了？」

「妳只要幫我減少一點工作量就很感激了。」

嘴上雖然這麼請託，但從他的眼神中，可以看出其實並不是這麼想的真意。

適材適用——自己只是把工作分配給做得來的人，既然如此，正是他很有才幹的證據。

蓋爾的母親是納立斯王國現任國王的親妹妹，他本來是侯爵家的次子，也有著王位繼承權，據說是排第五順位。會讓他擔任補給部隊的部隊長，大概也是考量到這樣的血統吧？不過他的劍術確實高超，也很受部下景仰，領導力亦十分卓越。

要不是塔嘉莉特病在納立斯王國造成大流行，現在應該位處相當高的地位吧？根據他本人的說法，是因為那件事而對王公貴族感到厭惡，才會到蓋罕達帝國協助進行水利事業，但即使如此，拜蕾塔還是知道如果納立斯王國事有萬一，他也有做好回去的準備。

說穿了，他只是基於個人意志而叛離，就納立斯王國來說，甚至沒有褫奪他的王位繼承權。其實從這個舉動，就能明顯看出國家還是希望他能回去。

畢竟人民至今依然對於當疾病在全國流行、王家做出失敗的對策時，蓋爾在暗地裡提供的協助感謝不已，對國家的立場來說也不能放逐蓋爾。儘管會懲罰他帶著整支部隊脫離戰線這件事，但在那之後做出的功績應該都足以抵過了吧。

順帶一提，那些穀物最後是以蓋爾個人財產買下來這樣的佳話作結。由於沒有明言是賣去哪裡，因此也沒有公開是從斯瓦崗領地被偷走的這件事。

「蓋爾先生這麼熱愛工作，就算減少了一點，你也會從別的地方找事情來做吧？你的部下可是抱怨著最近都沒什麼像樣的休假日喔。」

「那才真是太抬舉我了。該休息的時候就要休息。若非如此，就當不成一個好騎士。」

「看來你內心還是個騎士呢。之前聽你說對貴族感到厭惡，難道你真的不想回去嗎？」

他這個人終究是個騎士。盡職保護某個人的生活才適合蓋爾。

「也是呢，確實難以擺脫騎士的本性。我現在也是對於爵位不抱任何興趣，不過一想到如果搬出王位繼承權、得到一個崇高的地位，或許就能得到妳，就會讓我想要努力看看。」

「這動機也太不單純了吧。」

「不，沒有比這個還更純粹的理由了，只是出自我對妳的愛而已。」

「蓋爾先生……」

之前在後院的那場告白，讓拜蕾塔得知了他的心意，但還是決定不再去多想。

因為那天過後，他並沒有因為想讓這份戀情有所進展而採取什麼行動，兩人之間只是維持著一如往常的平穩關係。不過那對蓋爾來說，或許只是個起頭而已。

既然如此，面對他的時候就不能臉紅，也不能因為動搖而讓說話的聲調拔高。

要是被發現了，他肯定會跟著自己到天涯海角。無論面對多大的困難，一定都會盡全力保護拜蕾塔吧？

「當妳要逃離丈夫時，請務必讓我與妳同行，我會發揮騎士的本領喔。」

「真是可靠呢。」

一邊這麼隨口回應，拜蕾塔便拿著酒杯就口。

正因為如此，拜蕾塔在內心堅定地發誓不能依賴他。

嘴裡含進一口酒，就這麼喝下去。

觀察著她這副模樣的蓋爾，露出傷腦筋的表情並開口說：

「妳是個很強悍的人，而且還很聰明，一定無法容忍自己依靠別人吧？但對男人來說，受到仰賴是一件很令人開心的事情。」

「你的意思是不依賴人的女人一點也不可愛嗎？」

拜蕾塔刻意這麼語出挑釁。自己都不禁覺得這句話實在刺耳，但也深知蓋爾不是那種會因為這種話就輕易被惹怒的男人。

實際上，他聽了也只是揚起一抹苦笑而已。那副就像是一切都了然於心的表情，讓拜蕾塔暗自懊悔不已。

自己身邊聰明的男人太多了。

像是舅舅、安納爾德，還有他也是。

「不依賴人的妳相當美麗喔，我都深深著迷了。光是站在凜然的妳身邊，我就會不自覺繃緊神經，讓我體認到這就是光榮。」

「那個……我不習慣受人稱讚……請你饒了我吧。」

坐立難安的感覺讓人只想趕緊逃開。

這並不是第一次受到異性的追求，但之前通常都是會因為負面傳聞而先入為主地認定拜蕾塔是惡女，一旦被瞧不起就會出言反擊。拜蕾塔本來就是個不服輸的野丫頭。既然有人挑釁，當然就要奉陪到底。

正因為如此，才會禁不起真摯的讚賞。

更何況自己知道蓋爾是發自內心這麼說。

他的雙眼流露出無盡的溫柔愛情，既無盤算，也非攻防，面對這樣純粹的好感，總覺得坐立難安。

讓人想對他大喊自己並不是有那般價值的人。也很想否定地說，倒映在他眼裡的只是他的理想。但就算說了，想也知道只會被反駁回來而已。

「像這樣受人稱讚時會感到這麼不自在的個性，也很可愛喔。」

「蓋爾先生還真是惹人厭呢。」

「哎呀，這還是第一次有人第一次對我這麼說。不過總比被妳說是好人還要好多了，那會讓我覺得自己的存在無足輕重。」

「……不，不如說我還想稱你是好人呢。」

但說不出口。享受著拜蕾塔因為害臊而難耐不已的反應，更繼續這樣欺負人的蓋爾，打從心底就是個惹人厭的人。

「這樣說或許會惹妳生氣……但我也知道妳有脆弱的一面。正因為如此，才會希望妳能依賴我。」

拜蕾塔輕嘆一口氣，注視著眼前沒有一絲動搖的騎士。

活到現在，曾遇過像這樣寵溺自己的男人嗎？

一直以來都是拚命地回應他人的要求。

所以才會有現在這樣的成果。讓自己成長的人、給自己試煉的人、遠遠守護著自己的人，還有依靠自己的人——拜蕾塔遙想著自己身邊的男人們。

他應該是寵溺自己的人吧？

這時，不禁回想起昨晚的丈夫。

那個面無表情、自作主張又壞心眼，不知道到底在想些什麼的男人。

那個明明把妻子當成免費娼婦一樣，當他想要時就得奉陪，卻又時而展現體貼的一面。還以為只是裝給周遭的人看，但在兩人獨處時也演繹出那種表現的丈夫。

『我的假期似乎結束了，接下來應該會有一段時間無法見面。直到下次見面前，我都會引頸期盼著賭注結果的。真希望妳下一次的月事不會來潮呢。』

直接在拜蕾塔平坦的肚子上留下一吻，美貌的丈夫魅惑地勾起微笑。

在被貪婪地要過身體之後，這個男人把重要的事情留到最後的最後才說出口，要不是在昏睡過去的前一刻，早就一拳揍過去了吧。拜蕾塔就是氣到這種程度。

那個時候產生的熱意還積蓄在腹中深處咕嘟咕嘟地沸騰。

隔天早上當自己一個人在寢室的床上醒過來時，確認那並非夢境之後，拜蕾塔便下定決心了。

一點也不想輸給那個男人。

為期一個月的賭注結束了。直到下次月事來潮之前不會知道結果為何，因此暫時還是維持著夫妻關係吧。但丈夫再也不會對自己的身體為所欲為。正因為如此，這次一定可以分出勝負。

拜蕾塔要讓他知道自己並不是免費的娼婦，也不是讓人用那種愚蠢的賭注貶低的對象。她絕不接受這種侮辱，會憤怒地把離婚書狀摔在他臉上。

「謝謝你，蓋爾先生。事有萬一時，就再拜託你了。」

聰明的他，當然會聽出這不過是場面話而已。

間章　政變的最高幹部

「發出了緊急召集令，你才總算登場啦？」

一從斯瓦崗領地返回帝都，安納爾德就立刻到莫弗利位於軍務部的辦公室露臉，對方劈頭就是一句毫不留情的嘲諷。不過這種程度早就習以為常了，他只是輕輕垂眼而已。

「但我確實是希望你去看看那邊的動向啦，明知戰況不太理想，你還真是悠哉。有好好享受這趟假期了嗎？」

「因為這次的騷動，到了假期後半我幾乎都在工作。命令我去視察斯瓦崗領地的正是閣下，您應該很清楚才是。」

「又沒關係，反正你一樣是跟愛妻享受了一段日子吧？足以算是假期了。」

跟拜蕾塔度過了一個月的時間。

也可以說在賭注結束的同時就回到帝都了。

回想起最後一次跟她纏綿的夜晚，安納爾德慵懶地撇開視線。

「這麼說來，好像發生了軍事政變。」

「呼啊、嗯……什、什麼……」

在斯瓦崗領主館中安排給夫妻倆的大床上，聽著妻子的聲音，一邊擺動著腰。

她的體內總是熱到令人忘我，耽溺其中就是這麼一回事吧？所以才會忍不住就先要了她的身體，但這才回想起有件必須跟她說的事情。

雖然不能說是盼望許久，但在這日白天收到人在帝都的莫弗利捎來召集令的聯絡，就時期看來也算是恰當。看了信件的內容便察覺到帝都的狀況，本來想要立刻動身，結果到了夜晚安納爾德卻依然身在領地。若是沒有發洩個二、三次欲望，就沒辦法思緒清晰地理事，看來妻子的身體可謂有著一股魔力。

「明天早上我就會回帝都。」

是時候了。

說是明天，但現在已經換日了，所以算是今天吧。而且說是早上，應該算是黎明時分，那時她大概都還沒醒來。

拜蕾塔接下來一整天都要出席會議，要聽取以提蘭札姆鎮長為首的城鎮主要人物陳情，並進行討論。至今視察的結果，應該十分足以說服他們才是。在最近的地方看她為了蒐集資料而做的縝密準備，讓安納爾德欽佩不已。以她這樣的能力嫁來當妻子，甚至教人惋惜。

就算自己不在身邊，她應該也不會感到傷腦筋，但或許會因為丈夫突然不見蹤影而感到擔心。雖然也有可能絲毫不放在心上，但自己難得的友人說他會在出門前對妻子告知去向。既然自己也是為人丈夫，先跟妻子說一聲應該是義務吧？

「什……！啊啊，嗯……現、現在……才說……！」

由於是面對面交合身體，因此可以很清楚看見拜蕾塔的表情。她深陷歡愉之中的表情，跟平常一本正經的模樣簡直判若兩人。既妖豔又美麗，還很可愛。

然而，眼看那副神色中現在帶了一點怒火，安納爾德便擺動了腰部更往深處推進。

「啊啊啊──！」

「真的很抱歉，我並不是要忽視妳……呼……妳很喜歡這邊呢，應該感到非常舒服吧？無論多少次，我都會回應妳的期待。」

光是聽見她撒嬌般的聲音，幾乎教人誤以為是在誘惑自己。然而她應該也是索求著自己的吧？

「一旦被妳這樣撒嬌，我的理性也會一個不小心就跟著破壞殆盡，要滿足放蕩的妻子還是得花點時間呢。」

「是你……害我變成……！」

「既然頑固的妻子是因為我而改變，那真是令人開心。請妳就這樣繼續沉淪在歡愉之中吧。」

一邊說著，這才回想起忘記告訴她重要的事情。

「我的假期似乎結束了。，下來應該會有一段時間無法見面。直到下次見面前，我都會引頸期盼著賭注結果的。真希望妳下一次的月事不會來潮呢。」

直接在拜蕾塔平坦的肚子上留下一吻，確實都有將事情告訴妻子的安納爾德也心滿意足了。

「你是回想起什麼事情才會這樣竊笑啊？啊～討厭死了。所以我才討厭被愛情沖昏頭的部下。我真是難以想像你會變成這樣耶。」

「我不認為自己有被愛情沖昏頭，只是妻子比我想像中還要可愛而已。但我確實好好享受了一段假期。總之，現在可以聽取調查報告了嗎？」

「果然享受了一段假期嘛。哎，算了。可以簡潔扼要地說明一下嗎？」

「在斯瓦崗領地內也發生了幾起退伍軍人引發的暴動事件。追根究柢，原因似乎在於明明打了勝仗，卻遲遲沒有收到獎金，不過當中有幾起可以看得出煽動的跡象；此外，他們也會跟商人還有當地的民眾起爭執。」

「這樣啊，帝都裡的狀況也一樣，到處都有爆發騷動事件，就連主要橋梁都垮了。真是有夠令人傷腦筋，那可是通往大家生活重心的中心地帶、相當重要的橋梁。到底是在想什麼啊？你回來帝都時也不得不繞路了對吧？」

「應該是為了誇示他們具備這種程度的力量吧？畢竟如果只是軍方的暗地鬥爭，也很難讓一般百姓體認到。」

「真是令人頭痛啊。儘管一瞬間就能破壞，但要重新建造可是得花上好一段時間，這我想你也知道吧？所以說呢，掌握到基列爾議長的動向了嗎？」

「還沒。」

帝國基本上分為主掌政治的行政院，以及掌管司法的國會，凱力傑恩・基列爾便是國會議長。不僅如此，他更是持有侯爵爵位的上級貴族，但說不定正因為是上級貴族，才會有議長這樣的地位。照理來說他是遙不可及的存在。

雖然軍方預算是由國會決定，但與軍人並沒有直接關聯。就算是伯爵家長男，對方依然是與身為一介軍人的自己無關的人物。

然而莫弗利認為他恐怕是這次政變的主謀，不知為何還以安納爾德為目標，才會接到要確認議長動向的指示。

據說他的為人善良到驚人的程度，換句話說，就是個不容小覷的男人。因此安納爾德也不能太堂而皇之地保持警戒。

「才想說總算打倒敵人回到帝都，沒想到新的敵人又立刻出現了。神也真會替人著想啊。你不覺得嗎？」

「聽到閣下談起神倒是讓我滿驚訝的。」

「我忘記你就是這麼不解人情了。如果是你深愛的妻子，應該會頂撞一句更為銳利的反擊吧？」

「請您別跟我妻子有所牽扯。」

雖然沒跟拜蕾塔談過莫弗利這個人，但輕易就能想像得到她應該是滿討厭他的。不但愛捉弄人，這個長官的個性又很差勁。既然知道他絕非善類，就更不想讓他靠近妻子。

莫弗利聽了安納爾德的回答之後，瞪大雙眼並噴笑出聲。

「真是熱情。讓人不禁懷疑那個像人偶一樣的你到底是跑去哪裡了呢。」

「這樣啊。」

「哎呀，你沒有自覺嗎？還是裝作不知道而已呢？你的妻子明明就稱不上是有耐性的人呢。」

自己也知道拜蕾塔是個個性急躁的人，她只是沒有表現出來而已。

原以為她會立刻動手動腳，但面對怒火時，她大多時候都將情緒轉換成滿臉笑容——揚起笑容，並靜靜地湧現怒火。

總覺得現在的自己，需要這位長官的建議。

儘管感到很不情願，安納爾德在沉思過後，還是開口說：

「……請問這樣該怎麼辦才好呢？」

「噗哈！怎樣怎樣，你要問我這種事嗎？總覺得好像越來越有趣了。沒想到你竟然會這樣問我。唉，該說真不愧是拜蕾塔嗎……總之，我這個長官就給你一個有用的忠告吧，要是對自己的心意太過遲鈍，可是會失去重要的人喔。一旦失去了一個人，關係就無法再挽回了，你可要注意一點。所以，你應該要將自己的想法坦率地說出來比較好。」

「那聽起來似乎很困難。」

「哦？對於輕易就能辦到的人來說，會覺得易如反掌就是了。」

「這對我來說的難度很高，我實在不太清楚究竟哪些話會惹妻子生氣。」

勾起嘴角露出微笑的長官美麗得宛如惡魔，甚至教人感到毛骨悚然。

「即使如此，要是什麼都不說出口，你一定會後悔喔。」

安納爾德心想，如果只會感到後悔，那還算是小事一樁。

自己一定一直傷害著她。

當她因為月事來潮而難受不已，在搭上馬車返回領主館的時候，自己到頭來也只能讓她靠著身體而已。看她一臉不舒服地睡著，這才忽然發現她絕對不會輕易示弱地說出自己有多難受或是多疼痛。仔細想想，初夜那時她也沒有喊過一聲痛，所以自己才會誤以為她很習慣那檔事了。

平常總是繃緊神經在對抗某個東西，自己待在她身旁時更是如此。

父親說她討厭男人，但威德說她重視看不到的事物。

自己還想不透究竟何謂看不到的心意及話語，相對的，蓋爾卻能若無其事做到這些事情，確實是會讓人不禁心生欽佩。甚至讓自己體認到，原來那樣顧慮從不示弱的她才最重要。

看來可以從情夫身上學到很多。

儘管心生不快，卻也很感激蓋爾這個人，總覺得這樣的心境有些不可思議。

但更重要的，是該以妻子的心情為優先。

是不是只要像這樣一點一點累積，她就會願意留在自己身邊呢？

會如同那時，放鬆力道倚靠在自己身上嗎？

賭注期間結束之後，跟她之間的關係也變得薄弱了。只要回頭想想自己至今採取的行動，無論如何都難以想像有她在身邊的未來，這讓人不禁苦笑。

「真難堪啊……」

安納爾德在到山上視察的回程馬車中也曾這麼低語。喃喃脫口的這句話，沁入心脾。

她的心不但高潔，也格外美麗。

相較之下，想得到她而拚命掙扎的自己，顯得多麼滑稽。

思及拜蕾塔要是知道自己這樣的一面，可能一瞬間就會感到幻滅；然而這時才察覺，妻子對自己毫無一絲好感。不但硬是跟她維持肉體關係，也不知道她喜歡聊些哪些話題。雖然沒有被她拒絕，但也不曉得她是不是打從心底感到開心。至少，安納爾德沒有愚蠢到那麼自戀的程度。

知道的只有她平常文靜又沉著的凜然身影，以及房事中妖豔的模樣。

儘管明白這樣是不行的，但也不知道究竟該如何是好。

這讓安納爾德覺得自己依然是如此難堪。

正因為如此，長官的話聽起來感覺也有點空虛。

這並不是一句後悔就能輕易帶過的事情。

「在你消沉的時候這樣說，感覺就跟落井下石一樣，不過梵吉亞．葛茲貝爾前上將閣下被綁架了。」

梵吉亞．葛茲貝爾既是在前陣子的慶功宴上退伍的前上將，也是莫弗利的直屬長官。他是個身經百戰的英雄，在軍中也建立起相當崇高的地位，但自從決定退伍之後，他就完全不再插手軍方的事情，現在只是個一般市民。

雖然不是那場南部戰線，但以前在率領一支部隊征戰時，部下之中有個叛徒。身為敵國間諜的那個部下，操控了各式各樣的情資讓帝國陷於不利的狀況。當時裝作沒有察覺他的行徑，最後也贏得勝利，不過當時給出忠告的就是梵吉亞。在那之後，安納爾德就將他認定為自己的恩人。

寄到領地的召集令中只有要安納爾德返回帝都報告視察結果，以及敵方有所動靜的消息而已。雖然早就預測到有所動靜就代表發生了某些事情，沒想到卻是綁架已經退伍的英雄。儘管他對安納爾德來說是恩人，同時也是莫弗利的前直屬長官，但對於軍方的影響力卻不及兩人。

「綁架他讓敵方至今整體的行動看來毫無連貫性。」

國會的目的是盡可能削弱軍人派的勢力，為此他們想到的方法，就是引發軍方內鬨，藉此削減勢力。第一步就是沒有支付獎金，一步步累積歸還兵們的不滿，形成上級將校跟下級軍官之間的對立。那就是這場政變騷動的本質。

就算綁架了梵吉亞，也難以想像軍方高層會因此就放棄抵抗。當然更不可能會答應敵方的要求。

「你在說什麼啊，是你策畫的吧？」

「什麼意思？」

凝視著長官，只見他收斂起至今的惡搞態度，揚起讓人看不透的笑容。

「這場政變的最高幹部就是你啊，安納爾德．斯瓦崗中校。你不但搞垮了帝都的主要橋梁，還襲擊了軍方高層的住處對吧？接下來，你還打算攻擊哪裡呢？」

第五章　看不透丈夫的心

安納爾德返回帝都之後過了半個月左右，跟公公一起從斯瓦崗領地回來時，拜蕾塔立刻覺得帝都變了一個樣。

勝戰的那種歡騰氣氛完全沉寂下來，路上還能看見好幾處設施崩塌後留下的痕跡。瓦礫雖然全都先堆積在道路的角落邊，卻難以掩飾過去。商業區確實一如往常在做生意，但路上行人稀稀落落的，看得出來都在警戒的樣子。

橫跨環繞著都城周圍、米特爾山群間支流的橋樑垮下來，就是最明顯的證據。由於架設了好幾座橋梁，因此不至於無法進入帝都，但還是必須繞路。

丈夫最後留下「政變」的這個詞，掠過拜蕾塔的腦海。

回到伯爵家之後，便立刻要管家杜諾班拿帝都日報過來。

坐在客廳的沙發上等了一下，他便一併準備了好幾天份，拜蕾塔也馬上就翻閱起來。公公就坐在對面，一樣從舊的日期開始依序看起報紙。

雖然沒有詳細的報導，但看起來似乎是發生了軍事政變。

上頭寫著士官以下的士兵為了向高層抗議而策動了攻擊。根據報導，起因在於遲遲沒有收到戰爭獎金一事。

「好像是炸毀了軍方高層的住處，以及幾個主要設施。」

「在領地也耳聞了發生軍事政變的事情，但沒想到規模竟然大到就連帝都中心都被鬧成這樣……除了報紙上寫的這些，妳有聽那傢伙說過什麼事情嗎？」

從他感到相當不愉快的口吻聽來，似乎不只是在擔心兒子的安危而已。即使如此，還是猜不出在他話中的另一層意思。

「安納爾德不太會說工作上的事情……頂多只有在慶功宴上看到他向國會議長輔佐官確認關於獎金遲遲尚未支付的事情呢。」

「哼，那個臭小子。」

「報導上雖然沒有明言，但不管怎麼想應該都是貴族派指使的吧？」

「報社當然有受到情報上的管制，誰會老老實實地寫出來啊。究竟有多少人察覺帝國貴族派有介入其中都很難說。」

蓋罕達帝國是將周邊國統合而成的國家，但國內存在著集結作為帝國母體的貴族所構成的帝國貴族派，以及由平民跟周邊附屬國的政要集結而成的軍人派兩大派閥。帝國貴族多是隸屬於管理內政的行政院及國會的事務官，軍人派則一如其名，全是隸屬於帝國國軍的軍人，因此至今都是負責外交工作。

不過負責平定戰爭及內鬥的軍方預算，其決定權是掌握在國會的手中，因此算是帝國貴族派的立場在上。但由於歷代皇帝都很好戰，在安排上都會對軍人較為通融，在這樣的背景之下，受到皇帝意見左右的行政院也偏向軍人派，坐擁一定程度的權力，所以這兩者也能說是互相抗衡。說到頭來，軍方的最高層就是皇帝，總不能太過明顯地違抗皇帝的想法。

帝國貴族派很不樂見這樣的情況。只要發生內亂或是紛爭，就會立刻動員軍方進行壓制，卻不分配太多預算給軍方，就是因為不想再讓他們坐擁更大的勢力；也可以說是他們害怕軍人派會挑起內亂。

因此這次的南部戰線雖然打了勝戰，但國會中不想增長軍方氣焰的帝國貴族派官僚們，做了不當的處理，沒有支付士官以下的士兵們以及退伍軍人應得的獎金。

國會好像找了一堆藉口不斷拖延，總之不斷拒絕的樣子。一下子說沒有預算，又說是鄰國延遲支付賠償金之類。軍方高層也不斷進行要求，卻還是渺無音訊。

他們之所以這麼不甘願支付獎金，原因之一或許在於這場持續八年的戰爭，並沒有讓軍人派多麼疲乏。儘管打了勝仗，中心人物們卻沒有得到升遷，原因即是因為沒有空出的職位。換句話說，就是並沒有人戰死沙場。本來盤算著想藉此利用對手弱點的貴族派，怎麼可能願意果斷地支付獎金？

就在這麼延宕的時候，士官以下的士兵以及退伍軍人們，也漸漸累積起不滿的情緒，轉而仇視軍方高層。即使最後還是會闖入國會，但先採取想逼那些對自己施加壓力的高層同意的形式，就發展成軍事政變了。

矛頭直指軍方幹部，這讓人強烈地感受到貴族派的計謀，大概是想煽動軍人派之間的對立，以削弱勢力吧？現狀就是完全受到他們的操控，然而當事人肯定不覺得自己有受人操縱。讓人不禁傻眼地想，這手法還真是高明。

暗中指導這一切的，就是身為國會最高負責人的議長凱力傑恩·基列爾侯爵，他當然同時也是舊帝國貴族派的首領。

然而報紙上完全沒有任何報導提及舊帝國貴族派，讓整件事情變得只有軍方干涉其中。公公說的沒錯，情報很有可能受到操控了吧？

看來要直接向安納爾德問個清楚比較好，這麼一想，便看向站在大廳入口處待命的杜諾班。

「安納爾德有回來嗎？」

「少爺並沒有回到這裡，我以為他跟兩位一起到領地去了。」

「他應該半個月前就先回來帝都了。只在領地待了一星期左右。而且他說發生了政變，才要回到這邊來。」

「原來是這樣。」

「那傢伙本來就不太回家。何況妳又不在這裡，那也是理所當然。」

安納爾德之前會留在這個家，的確也是因為賭注的關係，但更重要的是當時是他的休假期間。既然假期結束了，當然會回到軍方那邊去吧。這應該無關拜蕾塔在不在家才是。

但還是沒有開口反駁，只是將報紙摺起。

「那待在這裡也無法做什麼呢，我去店裡露個臉。」

「歡迎光臨……喔喔，拜蕾塔小姐。」

一出現在拜蕾塔經營的洋裝店裡，店長就露出放心的神情上前迎接。

「之前離開帝都好一段時間，我就過來看看了。有發生什麼狀況嗎？」

「店頭本身沒什麼問題。但會長請我在妳來店裡的時候把妳留住。可以麻煩妳在裡面的辦公室等他一下嗎？」

「舅舅大人要找我？有什麼事呀，真難得。我知道了，那我就在辦公室裡看看帳本好了。」

「好的。」

拜蕾塔直接到裡面的辦公室，看起一些文件及預計要進貨的新商品。原本打算在看看店面狀況之後要到工廠露個臉，看樣子今天是沒辦法去了。

一回想起祕書不悅的表情，拜蕾塔不禁嘆了一口氣。

「看妳一臉凝重的樣子呢。」

不知不覺間來到這裡的薩繆茲，瀟灑地踏進辦公室。跟平常一樣穿著筆挺西裝的他，依然是毫無破綻。

「舅舅大人，謝謝你這麼忙還抽空過來。」

「沒什麼，何況還能見到可愛的姪女，根本太划算了。領地那邊的狀況如何？」

「算是穩定下來了。比起這個，找我有什麼事呢？」

「大概跟那片領地脫不了關係喔。拜蕾塔，妳知道現在發生了軍事政變嗎？」

「嗯。我也有看了報紙，況且帝都變成這麼淒慘的狀況，我當然知道。」

「那妳有聽說這場政變是由斯瓦崗伯爵家主導的嗎？」

「你說什麼？」

「這樣啊，妳果然不知道……聽好了，拜蕾塔，妳現在立刻離婚並離開伯爵家。妳的丈夫被視為這次政變的最高幹部。」

「什……你說安納爾德嗎？究竟是怎樣的原委，才會讓事情變成這樣呢？」

舅舅不但有在軍方進出，人脈也很廣，想必是得到正確的情報，然而拜蕾塔卻難掩困惑。安納爾德確實有說因為發生了政變才離開領地，但拜蕾塔也是直到今天才得知帝都受到這麼嚴重的迫害。作夢也沒想到整件事情的主謀竟然是斯瓦崗伯爵家，而且在下指導棋的男人還是自己的丈夫。

「戰時斯瓦崗領地即使遭逢歉收，收入也沒有出現太大的虧損吧？原因就在於前去主要收入來源的溫泉區進行療養的人，依然絡繹不絕。在戰場上受傷的士兵們全都跑去療養了。據說資金充裕的地方，甚至還僱用了從鄰國納立斯來的人。似乎是這個舉動，讓人懷疑是不是借用鄰國的力量，而促成這場政變成功的樣子。還有人說好像吸收了將官階級的騎士，這是真的嗎？」

指的是蓋爾吧？

只看表面上這些動作確實相當可疑，但誤會也該有個限度吧？

「因為這樣的理由，斯瓦崗伯爵家就遭人懷疑嗎？」

「怎樣都想確保資金來源吧。傳聞中發動政變的那些士官以下的人，雖然是一群沒什麼大義目標、不三不四的傢伙，但他們背後若是有在南部戰線也聞名遐邇的『灰狐』在指揮，那政變當然會成功，畢竟他似乎是個多謀善斷的人。」

「這應該是帝國貴族派的陰謀吧？只是利用政變的騷動，去掩飾尚未支付戰爭獎金的問題而已。」

坐擁領地的斯瓦崗伯爵家是舊帝國貴族，在這樣的帝國貴族派中會去從軍的人相當罕見，但平常跟瓦納魯多及安納爾德相處下來，拜蕾塔也發現了一些事情。

由於瓦納魯多也是退伍軍人，說不定斯瓦崗家本來就是好戰的家系，但更重要的是他們都對政治不感興趣，應該說比較喜歡軍方的氣氛。

剛嫁到這個家時，一度懷疑安納爾德會不會是派遣到軍中的貴族派，然而實際見面之後感覺並非如此。以一個組織裡的內賊來說，他的個性也太鮮明了。有誰可以隨心所欲地操控那個丈夫行動啊？情緒馬上就會表現出來，行事直率的公公也不適合。若要與帝國貴族派對立，就不該坐擁爵位及領地。瓦納魯多也是明白這點，因此不怎麼在乎領地經營的感覺，但丈夫又是怎麼想的呢？

安納爾德或許是基於某些理由才會擔任政變的最高幹部，但跟拜蕾塔無關，因此要去在意這件事也只是徒勞。既然是最高幹部，那儘管去工作就是了。

令人感到不悅的，是只有斯瓦崗伯爵家受到質疑。

在這起政變背後操縱的絕對是帝國貴族派，因為就算軍方在這個時期發動政變，也得不到任何利益。

「看妳這副模樣，應該是不打算逃離那個家吧？」

「夫家都被這樣冤枉了耶。只不過因為丈夫被說是政變的最高幹部就要逃離夫家，作為女人也太丟臉了。」

無論他是不是這場政變的主謀，都無法忍受把領地捲入其中，並讓斯瓦崗伯爵家受到貶低。何況拜蕾塔也有參與領地經營，將蓋爾拉進來的更是她自己。明明至少可以證實這點是清白的卻遭人起疑，怎麼想都嚥不下這口怒氣，也無顏面對那些在領地盡心盡力的人。
「女人不會因為這種事情丟臉好嗎，拜蕾塔……妳丈夫可是政變的最高幹部喔，不如說淑女聽到這種事情昏倒都不為過。」
「哎呀，就只有這種時候把人當淑女看待，舅舅大人還真是壞心眼呢。」
「妳馬上就像這樣打馬虎眼真的不太好。我知道妳是個充滿正義感的野丫頭，但妳也體諒一下我這麼擔心的心境。」
「好啦，非常抱歉。但身為一介商人，都遭人挑釁了，沒有不應戰的道理吧？」
「我不覺得這件事有挑釁到妳。」
「至少我現在還是斯瓦崗伯爵家的一員，而且關於領地經營的事情，我不但提供了不少建議，還向各方面尋求了協助。既然說這一連串的舉動可疑，那就等同於是在對我下戰帖。當然，我的原則就是只要有人找麻煩就會去解決。」
「這根本不是想離婚的妻子會說的話呢……唉，早知道就該更早讓妳離婚。」
「舅舅大人的這番心意讓我感到很開心，我也並非不尊重這一點。」
「我知道啦，也不想想我都當妳的舅舅多少年了。」
很懂自己的家人所說的話特別打動人心。但相對的，既然對方也如此熟知自己的本性，拜蕾塔也只是揚起無所畏懼的微笑。

「舅舅大人當然也知道除了斯瓦崗伯爵家，還有其他資金雄厚的家系吧？」

「是是是，我就知道妳會這樣說，正是萊登沃爾伯爵家。」

說到萊登沃爾，就是卡菈的家族。她在慶功宴上因為安納爾德而做了不小的牽制。雖然見識過許多執著於丈夫的女性，但她給人的印象最為鮮明。

「他們賣了不少武器等兵器對吧，在南部戰線自然也賺了不少啊。」

萊登沃爾的領地位於山間地帶，並在那裡蓋了一座兵工廠。因為在那附近可以挖掘到品質優良的鐵礦。聽說不只是刀劍槍枝而已，還有提供炸彈的樣子。

「是啊，所以才不至於被懷疑跟這場政變有關吧？畢竟現在特別賺的就只有這兩家而已。」

隔天，拜蕾塔來到自己位於帝都的裁縫工廠，待在廠長辦公室裡。

一早開始處理堆積成山的報告時，祕書便搬運了大批捲成一束的布料過來。這個高挑的男子本來是在舅舅底下學習經營生意，也算是自己的同門師兄，在不知不覺間成為拜蕾塔的祕書，平時雖然文靜又沉穩，但也有著固執且可怕的一面。這樣的他，默默推著布料堆積成山的推車走了過來。

想也知道，這是追加的工作吧。這座工廠的鐵則，便是即使身處要職，只要是自己能做的工作就要採取行動，身為廠長的拜蕾塔當然也要遵守。

「廠長，這些樣品布料要放在哪裡好呢？」

「咦？喔喔。就放在這邊的空位攤開來好了。」

「好的。」

祕書將樣品布料一匹匹攤在十人座的寬敞會議桌上，拜蕾塔這時也朝他走去。

「這邊是由米爾格介紹的，這一大疊來自蒂塔南特，另一邊則是賽斯的布料批發商，每一批的賣點都是在進貨當地才會有的自豪布料。」

「大家都一直送布料過來呢。」

「大概是之前軍方採用的外套布料，造成很大的迴響吧？大家都希望可以多多關照自己的商品，畢竟那次真的是找到了好東西。」

由於在經手布料批發的那些大型商家中沒有找到想要的商品，拜蕾塔便將目標轉往地域型商行。當時，採用了在當地氣候環境及特產等條件下做成的布料，製成軍用外套，造成廣大的迴響。

軍人們平常要做各種演練，為了守護國境還會被派遣到各個地方，當然還要行軍。如果是步兵或情報員，可能一整天都要揹著沉重的武器跑來跑去。有時候，南部還很暖和，但回到帝都就會覺得寒冷許多。

一旦遇到下雨，衣物就會變得沉甸甸的，因此希望外套的材質不容易吸水，厚度還要有一定程度才能保暖；然而原本的軍用外套吸了水就會變成沉重，裡頭的水分也會導致失去保暖功能。

能夠完美達成這個期望的，就是北方雅哈魏倫巴皇國使用的布料，而且那是將動物皮膚經過鞣製做成的皮革。有些動物皮毛具有防水的性質，於是便採用那種皮革製成外套。皮革不但難以縫製，還要使用特殊的針，就連縫線也是經過一番精挑細選；而且，當然是交由工廠裡最優秀的一批縫工製作。

不但有強勁力道也有卓越技巧的她們，幾乎是不眠不休地完成一件件軍用外套；事到如今，也成了一段美好的回憶。

多虧如此，耳聞評價的那些帝都批發商們，一旦找到新的布料，就會送樣品過來。

當拜蕾塔要在帝都蓋一座工廠時，那些人原本都還不屑一顧。他們覺得就是要手工製作出獨一無二的衣服才有價值，高高在上地認為「大量製作的成衣怎麼可能賣得出去？」，現在則是輕而易舉就改變了態度。雖然對商人來說只要能賣怎樣都好，但也讓人忍不住對於如此沒有節操的態度苦笑以待。

「訂單可是接連不斷，我們一起加油吧。」

「幾乎一個月以上都不在帝都的人，明明就是廠長。」

在安納爾德從戰場回來之後，他們立刻就到斯瓦崗領地抓侵占穀物的犯人了。在那之後雖然有一度回來，但慶功宴一結束，就因為發生要求中止水利工程的聲浪而再次前往領地，所以真的是時隔一個月才總算像這樣長時間待在工廠處理事情。

「所以說，我有為此道歉，現在也在工作了嘛。而且，我有從斯瓦崗領地寄出好幾封信過來喔。」

「是沒錯，但還是讓妳親眼過目比較有效率啊。」

「是是是，我有在反省了。總之我們先處理工作吧。」

「真是的……不過工作也確實是接踵而至，今天就先放過妳了。」

「希望工作可以像這樣永遠忙下去呢。」

拜蕾塔聳了聳肩，祕書便發出了悄聲的竊笑，讓人覺得總算回歸在帝都的日常生活，她也跟著揚起微笑。

然而，拜蕾塔很快就收斂起笑容。

「不過發生了軍事政變，對我們這邊會不會有影響呢？」

「不會有直接的影響，但據說在把軍官用的襯衫送去軍方時，有段時間聯絡不上。發動政變的好像是參戰南部戰線的那些退伍軍人，而且還是士官以下的一般士兵。由於尚未支付獎金，他們便在帝都各處引發暴動的樣子……聽說還是跟斯瓦崗伯爵家有所牽扯。」

「你也耳聞這件事了啊，我是昨天才聽舅舅大人說的。」

祕書主要統籌一些對外的工作內容，因此也很常到廠商那邊露面，並帶回工廠訂購的各種東西，算是祕書兼能幹的業務負責人。

聽到這樣的他語氣平淡地談起的事情，拜蕾塔不禁重重嘆了一口氣。

「既然連爆炸事件都在帝都四起，說真的身為自己人，妳不會很難採取行動嗎？」

「現階段來說，並沒有針對我做出什麼事情，但我實在不曉得丈夫現在的狀況怎樣就是了。」

他幾乎不會回家，應該是在軍方那邊處理某些事情，但總之沒有交談的機會，也只能從得知的情報去分析。目前還沒收到訃聞，因此他應該是還活著。就算沒有賭注，一旦丈夫過世了，自己不用離婚也能盡情享受自由的生活，但心裡總覺得有些鬱悶。

果然還是要在他活著前提下，正式在那場賭注中贏得勝利，並正大光明地離婚比較好。

「不久前還聽說你們夫妻感情很要好的說，事情馬上就變得很嚇人了呢。真不愧是廠長。」

「你這是什麼意思？」

「像是說妳在前陣子的慶功宴上表現得很可愛之類。凱登海根的毒花成了那個冷酷狐狸的愛情俘虜等等，還有絲毫不見冰之中校的蹤影什麼的，有許多還滿有趣的傳聞喔。去軍方交貨時，他們也在說這些事呢；雖然，主要還是希望可以介紹廠長給他們認識就是了。還有人問起妳們夫妻倆平常究竟都會聊些什麼，可是讓我應接不暇。」

凱登海根是一種有毒且帶刺的紫色花朵，以拿拜蕾塔紫晶色的雙眼來比喻的玩笑來說也太刺耳了。從來不曉得自己還有這種綽號，可以的話還真希望永遠不要知道。

「沒想到斯瓦崗中校也會流露出柔和的表情，讓他在女性之間頓時人氣爆棚，也不顧他都已經有妻子了，那些婦人全都興奮不已之類——雖然現在因為軍事政變的關係，這方面的話題也就跟著沉寂下來了。不單純只是戀愛話題，竟然還演變成牽扯到武力的血腥事件，就這方面來說，讓我覺得『真不愧是廠長』。」

「那跟我一點關係也沒有吧？」

無論是丈夫在社交界很受婦人們歡迎，還是因為發生政變的關係而讓那些話題沉寂下來，都不是拜蕾塔有意採取什麼行動而造成的結果。

「但沒想到事情鬧得這麼大，竟然還不知去向啊。話說回來，妳有耳聞他跟萊登沃爾女伯爵之間的事情嗎？」

由於祕書突然提起卡菈的名字，讓拜蕾塔不解地歪過頭去。

「她跟丈夫之間有什麼關係嗎？」

「有聽說她有跟中校幽會的傳聞喔，軍方也有人說他外遇，而且鬧得還滿大的。我姑且有向妳丈夫的部下們說妳感到憂心忡忡就是了。」

「不用多嘴好嗎？他要是真的外遇，就拜託用『嚴禁退貨』的條件送過去給對方吧，我甚至都想連同嫁妝一起送過去呢！」

不如說，這樣才正合心意。畢竟是自己想離婚，他要是願意離婚當然不會有怨言。就算對象是卡菈也不成問題。當然，自己一點也不會生氣——雖然不知為何，自己好像也不是完全不會感到不悅，但她並沒有放在心上。

若無其事地這麼回答之後，祕書先是瞠目結舌，隨後便壞心眼地揚起嘴角。

「也就是說，你有受到丈夫疼愛的滿滿自信啊。這還是我一次聽到廠長晒恩愛。」

「哪有在晒恩愛啊？是你擅自解讀成這樣的吧！」

「不不不，這就是在晒恩愛啊。從來不去領地的放浪兒子，娶了妻子後就緊緊黏在一起一同前往，當然會在帝國貴族派那些人之間引起軒然大波。兩位想必是在斯瓦崗領地加深了夫妻情感吧？」

在領地只進行了水利工程的視察，泡了溫泉，並跟無法接受這項工程的一群老人展開一場唇槍舌戰而已。

不同於處理領地工作的自己，真的是完全不曉得安納爾德為什麼要一同前往領地。他姑且也是有跟來進行視察，但常常都不見人影。

甚至覺得他有可能是為了確認退伍軍人的狀況，才會一同前往視察。

「他也是為了工作而去的吧？大概是掌握了關於政變的情報，才會去看看當地的狀況。不過也有可能正因為他是指揮官，所以想確認騷動發展到什麼程度就是了。反正，他最後只待了一星期左右，馬上就返回帝都了，所以我們並沒有一天到晚黏在一起。」

他雖然說放了一個月的假，但原本以為即使如此總不可能完全都不用工作吧。然而他一開始卻無時無刻都跟在拜蕾塔身邊，著實令人費解。就算是戰爭結束後得到的假，這期間也未免太長了，而且回到帝都之後應該還有些剩餘的工作要處理才是……總之先前就像這樣，想了很多。

但只要推測那也是工作的一環，就能想得通了。

與此同時，也感到更加惱火。

一想到他是在工作之餘隨心所欲地順便跟自己上床，就真的覺得很生氣。

而且還是基於一場賭注。明是如此，竟然還一直說真是放蕩的身體之類，還說是妻子的誘惑、要討任性的妻子歡心很不容易……等，講得好像都是拜蕾塔的錯一樣。

究竟是誰在什麼時候、什麼地方，做了那些事情啊！

「拜蕾塔小姐會這麼坦率地生氣還真是難得呢。是親愛的丈夫都忙於工作而心生嫉妒嗎？在領地時明明一直都在卿卿我我，現在感到寂寞了嗎？」

「你為什麼講得好像自己親眼目睹一樣啊？別說那種蠢話，我看時間應該差不多了吧？」

朝掛鐘看了一眼，時針指出再過十分鐘就要十點了。

祕書無奈地嘆了一口氣。

「唉，幾乎都沒處理到幾件工作呢……」

「是你把話題聊開的喔。沒辦法了，下午我會認真工作的。更重要的是，得慎重招待客人才行呢。雖然不知道他是要來做什麼，但對方都特地跑這一趟了。」

「放心交給我，準備迎擊吧。」

對著揚起無畏笑容的祕書重重地點了點頭，拜蕾塔直接走向會客室。

這裡分為將那群在裁縫工廠工作的女性們聚集在一起的工作區，以及設有可以用來開會的會議室，跟接待客人的會客室等區域的兩棟建築物。順帶一提，拜蕾塔的廠長室位於後者。

就這麼直接在會客室的沙發上等待了一會兒，不久後，一名男子便在祕書的引領下進來。

「上次見面是前陣子慶功宴那時了呢，格拉亞契先生。請問今天有什麼事嗎？」

「哼，隨便招呼兩聲就直接問來意，也太沒規矩……」

一進到會客室就一副自以為了不起的態度坐上沙發，並翹起一雙長腿的，正是艾米里歐·格拉亞契。

他對著為了向來客打招呼而有禮地先站起身來的拜蕾塔動了動下巴，似乎是要人坐下的意思。這裡明明是拜蕾塔經營的工廠，他卻像處在自己家裡一樣，舉止相當傲慢。

一頭接近白色的白金長髮在後方綁成一束，並隨著他的動作晃動。一邊看著，拜蕾塔也在他對面坐下。

祕書跟著舅舅學習很久了，因此許多年前就認識拜蕾塔，也知道她在念書時與艾米里歐的恩怨，所以現在正靜靜地在身後待命。在學院那時，就連教師都沒有站在自己這邊，但現在不一樣了，光是有人支持著自己，拜蕾塔就感到相當放心。

這個男人今天也是穿著帝都的裁縫師製作的高雅成套西裝，渾身散發出傲慢的態度。那雙目光銳利的冰藍色眼中，散發出瞧不起人的神色。

他這個人絕對不會把在工廠量產的成衣放在眼裡，實際上，他應該也是為了工作才會出現在這裡。若非如此，想必不會來到這種地方吧？

畢竟身為舊帝國貴族派格拉亞契侯爵家長男的這個男人，最自豪的就是自己的身家背景了。

「別這麼說，畢竟國會議長輔佐官想必是忙碌不已。」

「妳很懂嘛。今天我是看在學院同學的情分上來給妳一個忠告的，好好感謝我吧。」

「啊……？」

艾米里歐確實是拜蕾塔在就讀史塔西亞高等學院時的同學，但兩人之間的關係完全稱不上交好。說穿了，放出拜蕾塔不但是個惡女還很淫蕩這種謠言的人正是他。當拜蕾塔在學生時代差點受到男學生強暴，為了擊退對方而引發刀傷事件的主謀，也是他。換句話說，不但跟他有很深的過節，也絕對不想跟他扯上關係。

這樣的關係，事到如今究竟還有什麼事情好說的？上次慶功宴見面的那晚，他也是冷嘲熱諷了一番就離開了。

要是那時他沒有多嘴，自己就不必對安納爾德抱持這麼複雜的情感了。拜蕾塔遷怒地瞪向對方。

「妳應該知道帝都四處發生爆炸事件吧？才聽說妳逃到丈夫的領地去，沒想到這麼快就回來了啊。是那個被妳馴服的丈夫跑了，還是妳被他討厭啦？」

「明知我才剛回到帝都，還手腳這麼快地約了會面時間，今天早上就跑來了。我看你也好不到哪裡去。」

「哼，妳應該知道我很忙吧，我可沒有無能到要花上大把時間去處理這種瑣事。不過呢，我這個人也沒有殘忍到明知同學會遭人殺害，還能視若無睹。」

「遭人殺害這種話，聽起來還真嚇人。」

「看樣子就連鼎鼎大名的惡女，面對狐狸也感到棘手呢。妳的一條小命被盯上囉！」

「這是什麼意思？」

「難道不是因為就算丈夫從戰場回來，妳還是這樣一點都不可愛，才會惹人嫌嗎？應該有聽說這場政變的最高幹部是妳丈夫吧？我耳聞他打算趁著政變的亂局，殺害妻子喔！妳多少來哭著央求我一下啊，這麼一來，我也會對妳伸出援手喔。」

「別開玩笑了。」

即使面臨生命危機，也絕對不會哭著哀求他，想也知道他是想藉著權威讓拜蕾塔屈服。

「就算知道被丈夫盯上性命，我這個人也不會立刻逃跑。」

說穿了，不用他動手殺人，自己本來也就要離開斯瓦崗伯爵家。都說過那麼多次想跟丈夫離婚，為什麼還要特地殺了自己才行？也太莫名其妙了。既然希望自己離開，那離開就是了，根本沒必要白費功夫。

更何況，艾米里歐特地來告訴自己這件事情本身就很奇怪，誰會被他「一番看在同學的情分上」這種話給誘導。

祕書說了要準備迎擊。雖然沒想到他是前來忠告自己會遭丈夫殺害，但也絕對不可能接過他伸出的援手。

拜蕾塔對艾米里歐露出滿臉笑容。

「沒有任何必須勞煩國會議長輔佐官的事情呀，畢竟我跟丈夫處得很好。」

以離婚為條件下了賭注，現在只等下次月事來潮。拜蕾塔很想認為事情至此全都談妥了，彼此相安無事。

「客人要回去了，請送他出去。」

「是。」

「妳真的一點也不可愛！之後要是哭著跑來找我也不管妳！」

目送踩著重重的腳步聲走出會客室的艾米里歐，拜蕾塔不禁大嘆一口氣。

總覺得果然被捲入國會——應該說貴族派的計謀之中了。太過乾脆做出反擊也不太好。也就是說，他們是想讓拜蕾塔傷腦筋、主動投靠，藉以吸收吧。雖然挑選艾米里歐做這件事，對自己來說會去仰賴的可能性就是零，但擬定這項計畫的人，或許是看上同為學院同學這樣的關係。

雖然不知道對方究竟有什麼企圖，但拜蕾塔真切地希望不要跟自己扯上關係。

那天晚上，拜蕾塔在斯瓦崗伯爵家的小姑房間裡，受她訓話。安納爾德同父異母的小姑米蕾娜晃著一頭豔麗的金色長髮，瞪大那雙水藍色的眼睛，流露出滿臉怒容。

「為什麼工作全都推到蕾塔姊姊身上啊？還有，無論什麼事情都會立刻接下來處理的姊姊大人也不對。」

看著正值多愁善感的十四歲少女氣噗噗地鼓起臉頰，這副可愛的模樣不禁讓人莞爾一笑。情感豐富的她，難以想像雖然只有一半血緣，但還是跟安納爾德流著相同的血的人。安納爾德要是也有這麼好懂，肯定就更好應付了。

「事情都已經處理好了，接下來就端看父親大人的努力了吧。但能被妳這樣斥責還是真令人高興，謝謝妳替我擔心。」

賭注的期間結束了，現在還沒有懷孕的徵兆，想必是拜蕾塔會贏得勝利吧。也就是說，離婚會成立，已經不再受到斯瓦崗伯爵家的束縛了。

「討厭，姊姊大人每次都馬上就這樣捉弄我！」

「這是我的真心話喔。但做為補償，我們下次一起出去玩吧。」

「真的嗎？妳在領地待了好一段時間，應該堆積了不少工作，我本來以為妳會很忙呢！可以跟姊姊大人一起出門，讓我好開心。」

「只要是可愛妹妹的要求，我全都會答應喔。有沒有想要什麼東西呢？」

「真是的，我只是單純因為能跟姊姊大人一起出門而開心，別這麼壞心眼。」

「是是是，謝謝妳啊，再告訴我哪天有空吧。」

「姊姊大人，妳不相信對吧？」

「呵呵，抱歉，我開玩笑的。我也很高興啊。要去哪裡好呢？聽說最近帝國歌劇團的表演相當講究，觀眾全都嚇一大跳喔！」

「母親大人也有說過，最近在舉辦薛澤的畫展喔。還有，在迪特爾的大馬路上好像開了一間新的餐廳！」

「哎呀，看樣子有幾個身體都不夠逛呢。」

所謂純真，指的應該就是她這樣的人吧？坦率地感到開心並揚起純粹的這副笑容，都不知道為心靈帶來多大的療癒。

拜蕾塔感慨地享受著這份小小的幸福。

「少夫人，現在方便嗎？」

這時傳來敲門聲，管家杜諾班接著就從門外現身。

「打擾兩位談話了。工廠那邊好像因為有緊急的事情而派人來見少夫人，現在讓對方在玄關那邊等著。」

「哎呀，是怎麼了嗎？抱歉米蕾娜，我去看一下，妳可以先挑幾個方便的日期出來嗎？」

「好的，等一下請再陪我討論喔。」

「嗯，晚點見。」

米蕾娜送拜蕾塔到房門外，看不見那道柔和的笑容之後，拜蕾塔快步在走廊上前進，暗忖著打擾這段幸福時光的，究竟是多麼緊急的事情呢？

一來到玄關，就看到一個身穿簡樸外套的男人站在眼前。

說是要來傳達工廠的急事，拜蕾塔卻從來沒看過這個人。

本來還猜測會不會是哪一位工廠女工的丈夫，然而那副苦惱的神色令人在意。該說是鑽牛角尖的樣子嗎？總之就是一副相當陰鬱的表情。

而且，他的站姿看起來就像個軍人一樣——不過感覺並不像是現役軍人。

一般來說，即使不像安納爾德那般伶俐，軍人基本上還是會散發出一種獨特的氣場。就像是無時無刻都上緊發條的緊張感一樣。由於父親也是軍人，拜蕾塔已經習慣那種氛圍。

——大概是退伍軍人吧。

轉瞬間就察覺出這點，並分析起他現在的狀況。

現在政變四起，不曉得他是同謀，還是純粹受錢差使？跟安納爾德又是什麼關係呢？還有，這樣的他，不惜裝作有急事來到這座宅邸的理由，又是什麼？

為什麼會想見自己呢？

「聽說工廠有急事傳達？」

一邊整理著內心接連湧上的想法，並制止杜諾班上前，在跟他隔了一點距離的地方這麼問道。

「妳就是拜蕾塔．斯瓦崗？」

不會有人對著自己工作上的廠長直呼名諱，在一旁的杜諾班臉色為之一變，應該是察覺出對方一開始是在向他說謊吧。

然而拜蕾塔的思緒很冷靜。

一邊在內心補上一句「近期內會離婚就是了」，並朝著男子微微點了點頭。

「哈哈，那就去死吧。牙蓋巴賽！」

伴隨著敬禮的動作，男人遵守紀律的聲音響徹玄關。那是代表致忠誠、致榮光之類的呼聲，由於是軍人們要上戰場前，或是回應長官時會喊的招呼，因此拜蕾塔不太清楚其深意。

然而這也讓人回想起今天早上艾米里歐所說，有人計畫趁著政變之亂殺害拜蕾塔的那件事。看樣子無論主謀者是否為安納爾德、無論是誰抱持著怎樣的企圖，總之這項計畫確實存在。

男人在呼喊的同時，做出要從懷裡拿出某個東西的動作，這個瞬間就聞到一股藥品的刺鼻味。

拜蕾塔立刻朝著杜諾班飛撲過去、衝向後方。

「少、少夫人！」

後來聽說杜諾班一邊哭著對安納爾德下跪磕頭道歉，而且長達好幾個小時。

不，這真的是不可抗力啊，怎能讓一個上了年紀的優秀管家做這種事啊？更何況這既不是撲倒，也不是侵犯，而是面臨緊急狀況。

這是在拯救人命啊！

當丈夫對著躺在床上靜養的自己施加基於怒火的壓力時，拜蕾塔也這麼辯解了好幾次。然而，現在的自己無從得知這將是明天會遇到的事情。

伴隨「轟」的一道幾乎震裂耳膜的聲音，出現強烈爆風與熱氣，被轟飛的她加重了雙手抱住杜諾班的力道。

拜蕾塔就這麼在男子那道像是臨死前哄笑聲的幻聽下，漸漸失去了意識。

「還有其他要報告的嗎？」

莫弗利環視周遭一圈之後，輕輕頷首。

他的語氣雖然溫和，但在場所有人應該都察覺，那只是表面上的態度而已。

安納爾德站在莫弗利身後屏息睥睨，等著莫弗利做出結論。

在桌子並成足以容納三十人左右的寬敞空間中，正在舉行政變因應對策本部的會議。排成ㄈ字型的桌子兩側，各自坐著編列成大隊的主要人物。莫弗利的座位就夾在他們之間，但在一眼就能眺望全場的地方，看過去還是滿壯觀的。

鋪滿紅色地毯的會議室裡，黑檀木的桌子顯得很有格調，但這樣的光景應該沒辦法撫慰在場任何人的心。

正中間的桌子上攤著一張帝都地圖。上頭放著小小的紙張，並寫滿了政變的情報。像是哪一天的什麼時候發生了爆炸或襲擊事件，目擊到進行攻擊的嫌犯又有多少人等；還詳盡地記載著爆炸的規模以及死傷人數，藉此掌握政變的規模，並分析出主要的據點。

地圖上的棋子分別是情報總括本部、校級以上的軍官宿舍、練兵場、幾位上將及中將的住處等，都是軍方相關設施跟長官的宅邸地點。主要是在慶功宴中得到提拔的那些人受到襲擊。當然，莫弗利也是其中之一，他在要搭上馬車時遭受攻擊。

「政變的基本就是偷襲。就戰略上來說，最重要的在於盡快以少數部隊進行鎮壓，但就這點來說我們已經慢很多拍了呢。」

莫弗利曾對安納爾德說，編組鎮壓部隊時並非著重於技能，最重要的是彼此信賴與否。換句話說，像這樣的大型會議一點意義也沒有，因為並不曉得在場的這些人是敵是友。

主導煽動這場政變的肯定是國會議長，但不知道實際指揮軍事政變的那個最高幹部是誰。目前推測是軍方有個國會派遣過來的叛徒，而且可能還坐擁相當程度的地位，但完全沒有露出馬腳。

唯一最接近傳聞描述的人選，就是安納爾德。

「閣、閣下……恕我直言，在他們手腳那麼快，我方還缺乏線索的現況下，能蒐集到的情資實在有限。說穿了，也有傳聞說主謀就是那個狐狸，關於這件事您能否說明一下？」

「路米耶上校，我剛才是在詢問各位還有沒有事情要報告。既然你都發言了，應該可以視作還有其他資訊可以報告吧？有空拿那種可信度低的流言蜚語指控我的直屬部下，想必可以提供更有意義的情報才是。」

「呃……但那真的只是可信度低的傳聞而已嗎？據說，實際上就是在他的指揮下炸毀橋梁——」

「這番追究，應該是可以得出很有意義的結論吧？」

莫弗利臉上的笑容已然退去，雖然他是在試探對方手中情報的可信度，但對峙方認為這顯然是要他別再多嘴的意思，若是對自己的情報不夠有信心，就沒辦法再繼續說下去了。

「不，那個……對不起。」

果不其然，開口就道歉了。莫弗利對著他坐在右側的副官露出不發一語的微笑。感覺就像在說「這種會議根本只是在浪費時間」。

說穿了，要詳查在這場會議上提出來的那些情報非常麻煩，不過只是傳聞的這些情報，價值可想而知。

在帝都發生新的一起爆炸事件的地點，以及造成的死傷人數報告都記錄在方才會議中看到的資料上。然而莫弗利得到的情報，跟會議上提出報告中的目擊情報之間有些許落差。原本聽到的證詞是嫌犯約有八人左右，而且有幾個人逃走了，結果變成三名嫌犯全都在那場爆炸中身亡，真不知道情報是在哪個階段遭到扭曲。

一想到全都要進行調查並追究下去，就感到相當厭煩。最高幹部的情報也很重要，但現在沒有時間隨著傳聞起舞。

「太浪費時間了，那就散會吧。」

隨著莫弗利的這句話，會議就此結束。

「你的傳聞真是太驚人了呢，我看現在就逮捕你好了？」

「可以啊。」

就算把安納爾德當最高幹部逮捕起來，政變依然會照著計畫進行下去。正因為莫弗利也心知肚明，所以才沒有對自己出手。

「這個狐狸真的一點也不可愛，真想跟你老婆聊聊啊，可以借我一晚嗎？」

自從最後一次跟妻子見面已經過了兩個星期。她似乎也在前天從斯瓦崗領地回來了。雖然同在帝都，但接連都是無法返回自家的日子，因此暫且是有透過管家杜諾班詢問拜蕾塔的動向。妻子一回來就投身於工作之中，那副精力甚至讓人感到欽佩。

身為丈夫的自己都見不到面了，為什麼有必要讓莫弗利跟她見面啊？說穿了，借一晚是什麼意思？

坐在莫弗利一旁身為中將的副官露出不懷好意的笑容：「喔喔，這麼說來，斯瓦崗中校娶的是那個水性楊花的老婆嗎？能不能也讓她陪陪我啊，排在閣下後面也沒關係，借我一晚吧。」

安納爾德立刻答道：

「我堅決拒絕您的要求。」

「天啊，好可怕。你這傢伙，我好歹也是你的長官耶。多少尊重一下好嗎。無視長官命令等同於違反軍規，小心我把你送去軍事法庭！」

如果基於長官命令就要把愛妻借出去，安納爾德可能就參加軍事政變了。壓抑著打從心底湧上的不悅情緒，認真地說：

「我會讓您後悔要求過我的妻子。」

「哇啊，他來真的……」

「抱歉抱歉，我們只是開個玩笑啊，你被那個可愛動人的妻子迷得神魂顛倒了嘛。」

莫弗利趕緊介入兩人之間。

「這麼說來，你好像連直屬部下都沒有介紹給她認識吧？那些傢伙在慶功宴上相當起鬨，一直吵著就算只有目睹尊顏，也真想靠近一點看看。」

「請別這樣，那會變少。」

多虧有莫弗利出來打圓場，副官的臉上也揚起了捉弄人的笑容。但說到頭來開啟這個話題的人是莫弗利，這讓安納爾德總覺得不太能接受。

「噗哈，是會少什麼啦？沒救了，這傢伙真的完全被迷得神魂顛倒，說好的冷血狐到哪去了呢。竟然可以讓你沉迷到這種地步，我看還是想拜託一下好了。」

「如果要對別人的東西出手，就應該先有足夠的覺悟；如果那是人家很珍惜的，更是如此。」

「就連我也不想被下流的上將閣下這樣說好嗎～而且一開始提起這個話題的是你吧。竟然溺愛到連閣下都瞞不住了啊。咦？但我記得你在慶功宴那晚，不是有跟萊登沃爾女伯爵密會嗎？到處都傳聞你跟她幽會之事。」

慶功宴時確實有跟卡菈說上話，但印象中頂多只聊了關於拜蕾塔的事情，那樣竟然會被說是密會，也真令人感到意外。

這麼說來，這才回想起今天早上也收到卡菈寄來的信件。由於那是針對自己主動委託她某件事情的回答，也是正式的邀請函，總不能不屑一顧，但要確認那內容實在非常麻煩。

卡菈至今也都有寄信件過來。很可惜的是她寄來的信件內容重要度很低，羅列著無聊的文字，要擷取其重點著實費神。通常都是要約吃飯，幾乎沒有提及關於政變的指示。讓人不禁就會隨便看過去。

一邊回想著那封信上寫的日期究竟是哪一天時，只見莫弗利聳了聳肩。

「你們完全開啟玩樂模式了呢。每場攻擊都會隔著一段時間，就算在場的某個人哪時遭受襲擊都不奇怪，還是小心點吧，雖然大家多優秀我也是知道的。」

就在莫弗利傻眼地這麼說的時候，有個男人踩著慌忙的腳步來到會議室。

「什麼事！」

「非常抱歉！但事件緊急，懇請原諒。」

闖進來的是安納爾德的部下，然而他不知為何鐵青著一張臉，喘個不停，看就知道是非常急著來到這裡。不知道他那句讓整個氣氛更加緊繃的緊急事件究竟是指什麼，原本正要離開會議室的人也紛紛朝他看去。

「收到報告指出，斯瓦崗伯爵家的玄關發生爆炸，安納爾德·斯瓦崗中校的夫人陷入昏迷。」

安納爾德一瞬間還無法理解這句話的意思。

但其實是有聽懂的吧？總覺得聽見了不禁屏息的聲音。

向莫弗利知會一聲就連忙返家之後，一看到玄關的慘狀就不禁皺起眉間。完全看不出平時的模樣，甚至讓人懷疑是不是同一個地方。

不見平時會出來迎接的管家杜諾班，眼前只有幾個女僕一臉茫然地呆站在原地。

安納爾德對著在這樣的狀況之中，獨自動作熟練地鑑定眼前這個狀況的父親搭話。

這也可以說是在戰場上見慣的光景。大概是以前學會的本領還健在吧？安納爾德注視著默默地進行鑑定的瓦爾魯多的背影說：

「我回來了。」

「太慢了！」

「已經是急著趕回來了。」

「別說廢話。你掌握了多少狀況？」

「我們家的玄關發生爆炸，以及拜蕾塔陷入昏迷。」

即使面對兒子，瓦爾魯多也依然是一副蠻橫的態度讓女僕們感到恐懼，但安納爾德只是平淡地做出回答。

父親說著「這樣啊」並微微點了頭，接著就從感覺很不開心的樣子，轉為看好戲般的表情。

這態度只讓人產生不祥的預感。

「那個丫頭好像是聽說工廠有派一個男的來傳達事情，所以才會過來這邊。那傢伙突然間就自爆了。那種炸彈是揚起墨綠色的煙，這方面的事情你應該比較懂吧？」

「是啊，那應該是現在發生的政變其中一環吧？那些人幾乎都變成暴徒了，我想應該是使用相同的炸彈。」

如果是用一般黑色火藥製成的炸彈，揚起的應該會是白煙，然而這次政變用的都是會變成墨綠色的煙。不但不同於黑色火藥，威力也有著天壤之別，這是眾所皆知的事實。

這在南部戰線也很常看到。

軍方也立刻向管理炸彈的單位進行確認。由於那沒辦法流向黑市，因此不曉得他們使用的是沒有確認到的炸彈，還是重新製造的。說到頭來，軍方的武器幾乎都是向萊登沃爾伯爵家經營的武器行進貨的。當他們斷言沒有流向黑市，也就無從進行調查。

若是為了這場政變要事先製造的話，就需要有場地跟資金。

直到剛才還在追蹤金錢流向，然而軍方資金並沒有可疑之處。大致上也調查過貴族派那些傢伙了，但並沒有令人特別在意的地方。硬要說的話，在南部戰線調動大批武器過來的萊登沃爾家金流最為頻繁。

將一切資訊統整起來的話，就會得出還有尚未掌握到的炸彈存在。

究竟是誰偷偷侵占了南部戰線的物資？這場政變又是從什麼時候就計畫好了？這些問題甚至讓全場都陷入沉默。

「率先察覺到的丫頭，立刻就抱住杜諾班往柱子後側跳過去的樣子。你看，就是那根柱子的後面。老夫一聽到爆炸的聲響就來到玄關一看，只見在半毀的柱子角落有一對男女交纏在一起倒在那邊，真是令人驚訝，竟是那個丫頭跟管家。靠近一看，那丫頭整個人趴在杜諾班的身上呢。即使陷入昏迷，丫頭還是緊緊抓著杜諾班，完全沒有要放開他的意思，真的是讓老夫費了一番工夫。想先把丫頭帶回房間，她卻還是緊緊抓著他的衣服不放，看樣子好像是格外珍惜管家呢。還要兩個人去拉，才總算將他們分開，並讓她躺下。」

「這樣啊。」

「那兩個人在你回來之前就莫名合拍呢。那傢伙動不動開口閉口都是少夫人、少夫人的，那丫頭也是，一遇到什麼事情都會去找杜諾班商量。想必是關係相當親密，才會這麼擔心他吧？擔心到甚至不惜挺身保護，即使昏過去了也不願放開。」

拜蕾塔之所以一嫁到這個家就跟管家變得很要好的原因，也是在於父親成天酗酒、派不上用場，然而他完全沒有要提起這件事的意思。安納爾德也大概可以明白父親的想法，然而眼前這個揚起嘲諷般竊笑、捉弄兒子的男人所說的話，實在讓人感到不悅。

「所以說，妻子的狀況怎麼樣？」

「怎麼，真是無趣。老夫還以為你會因為杜諾班跟那個丫頭的關係，更為氣憤不已呢。現在醫生正在幫她治療，你自己去問問狀況。」

「我知道了。」

關於杜諾班跟拜蕾塔的事情，等掌握到情報之後，也會好好做個了斷。

但壓根都不想對父親坦言這件事。

安納爾德不發一語地跑上從玄關通往二樓的樓梯。

一到妻子在靜養的房間露面，治療好傷勢的杜諾班就率先上前低頭致歉。

父親說的那位醫生似乎也結束了拜蕾塔的治療，正在收拾診療包。

「非常抱歉，少爺！」

「晚點再聽你道歉。拜蕾塔的狀況怎麼樣？」

當然沒有打算放任這件事情不管，但現在最重要的是她的狀況。

「背部一度灼傷，另外也受到一些擦傷。我先開了止痛藥，以及發燒時可服用的退燒藥。看起來是沒有撞到頭，但為了預防萬一，明天還是請讓夫人靜養一天。」

斯瓦崗伯爵家的家庭醫生是一位中年男子，雖然是熟悉的醫生，但會讓人想抹煞掉他逕自看過妻子身體的記憶，還真是不可思議。可以的話，真想親自替她診療。然而自己只有在軍中學過一些基本的醫學知識而已。

「我知道了，謝謝你。」

「不客氣。少夫人相當勇敢，立刻就做出跳到柱子後方的判斷，實在厲害。多虧如此，才受到這點程度的輕傷而已。少夫人清醒過來之後，還請好好慰勞她一下。」

醫生面帶爽朗的笑容走出房間，杜諾班也為了送他而跟著離開。安納爾德朝拜蕾塔靠近過去。

她就像是陷入沉睡一樣，呼吸雖然平穩，但沒有醒轉的跡象。

俯視著緩緩上下浮動的棉被，安納爾德伸手輕輕觸碰她的臉頰。

臉頰上留下感覺像是被東西劃傷的一條條紅色傷口，看了就讓人覺得怵目驚心。什麼叫輕傷而已。

安納爾德看著妻子那副不同於平常的蒼白面容，同時也握緊了拳頭。不只是臉，肯定就連棉被底下的身體也是傷痕累累。

內心湧上一股衝動，很想緊緊抱住昏睡中的妻子。

無論如何都想將她關在自己懷裡，再也不想讓她離開。

但她想必會皺起臉拒絕就是了。

這時，傳來一道輕輕敲門的聲音。

回頭一看，只見米蕾娜帶著女僕進到房內。
「兄長大人，你回來了。」
「嗯，我在軍方有收到消息。那是要做什麼？」
看著女僕拿在手上的剪刀一問，米蕾娜一臉悲痛地皺起眉間。
「姊姊大人的頭髮也焦掉了，所以想替她整理一下。」
「那是現在必須做的事情嗎？」
平常對這個妹妹的印象，只有躲在母親身後看著自己而已，但她現在卻惡狠狠地瞪著安納爾德。這麼說來，就連剛從南部戰線回來的時候，她也朝自己投來怯生生的視線才是。當時像在試探般的目光，現在也明確寄宿著憎恨的情緒。
「我聽杜諾班說姊姊大人是被捲入其中，受到牽連。換句話說，如果她跟兄長大人的離婚協議成立的話，就不會受到這種傷害了吧？要不是放任妻子八年不管還不同意離婚，死腦筋又固執的兄長大人沒有這麼任性的話，她就能待在安全的地方了吧？」
「就算拿已經發生的事情譴責，也只是浪費時間而已。」
「萬一」、「如果」這種事情說起來根本沒完沒了。
她能像這樣平安無事，真的只能說是運氣好了，其實因此失去她也一點都不奇怪。

自己從來沒有想過會因為工作跟立場的關係，而造成家人及珍惜的妻子犧牲。不，這段人生因為戰爭而受人怨恨也不奇怪，本來就有想過說不定會在某個狀況下遭受報復。但就算是除了她以外的人遭到牽連，自己的情感也不會如此動搖。

所以，安納爾德在會議室那時，才會受到腦中一片空白的衝擊。

接下來，這次必須擬定不會出錯的戰略。

安納爾德深知，好運不可能一再發生。

也知道人是多麼輕易就會喪失性命。

回想起在戰場上理所當然、至今也目睹過好幾次的光景，讓安納爾德一瞬間感到天旋地轉。

看樣子自己也被毒害得很深呢，竟然會不禁產生不想失去她的念頭。

「不懂女人心的兄長大人請出去吧！」

受到妹妹狠狠斥責之後，安納爾德也默默地離開房間。

因為實在不忍吵醒還在昏睡的妻子。

米蕾娜替拜蕾塔整理好頭髮之後，似乎很快就離開房間了。當安納爾德再次回到房間時，就只有她一人靜靜地睡著。

在那之後，就看顧著拜蕾塔的狀況直到天明。她一次也沒有醒來，只是安穩地沉睡著。

默默地看著在朝陽照耀下那張蒼白的臉時，杜諾班便前來說有外找。大概是昨天對他碎唸了一番，態度變得有些膽怯，安納爾德朝他瞥了一眼便朝著玄關走去。據說是有人要來找妻子。這麼一大早就跑來，真不知所為何事。

聽管家說來訪的人是妻子的祕書，但昨天才剛發生過那樣的事情，多少還是有些警戒。不過，一見到對方立刻就能明白是自己多慮了。站在遭到破壞的玄關前的，是個打扮相當洗鍊的男人。

「一早前來叨擾非常抱歉。我是拜蕾塔小姐的祕書。得知她昨晚遭到襲擊，雖然感到很過意不去，但還是覺得坐立難安，忍不住就跑過來了。請問她現在的狀況怎麼樣呢？」

從他擔心地皺起眉間的表情看來，可以得知這個人是真的掛念拜蕾塔的狀況。

「雖然背部有燒傷，但所幸還算是輕傷。不過我們家的醫生吩咐，保險起見今天最好還是讓她靜養一整天。」

「這樣啊。那麼，不好意思，能請您替我轉達拜蕾塔小姐，我會代她給出使用二十一號布料的答覆。由於今天就是要答覆廠商的期限，我想拜蕾塔小姐也很惦記著這件事。」

「我知道了，等妻子醒來我會再轉告她。」

點了點頭之後，那位男祕書的表情稍微變得柔和了一些。

「看來您的為人跟我耳聞的有些出入呢。」

「耳聞……是聽妻子說的嗎？」

「拜蕾塔小姐不太常談論起您的事情呢。只是因為工作關係，我經常出入軍方設施，才會從那邊聽到一些事情。」

「哦？」

從軍方聽到自己的事，怎麼樣都只讓人產生不祥的預感。她的祕書接下來說出口的話，果不其然很不像樣。

「說您不知變通又心胸狹窄之類的，對方應該是您的直屬部下吧？」

「原來如此。」

看樣子在慶功宴上沒介紹妻子給他們認識，似乎格外讓他們懷恨在心。不過，因為這樣就四處嚷嚷，只會讓人更不想讓妻子跟那群部下見面就是了。

「看樣子有著一位這麼可愛的夫人，也是很令人苦惱的事情呢。」

語帶捉弄的這句話，讓安納爾德對他有些另眼相看。

看來她的祕書並沒有散發出同仇敵愾的心態，明明她的舅舅是那麼仇視自己。真要說起來，還比較像是跟她父親見面時的感覺。

「你跟妻子認識很久了嗎？」

「從拜蕾塔小姐還在念書時就認識了，我算是在向她舅舅拜師吧，是他教會我做生意的基礎。對了，我有件事情想先跟您說一聲。不好意思突然換了話題，但您知道艾米里歐．格拉亞契這個男人嗎？」

「是那位國會議長輔佐官，對嗎？」

「是的。他是拜蕾塔小姐的同學。當時感覺就滿執著於廠長，最近更是有逾矩的傾向。希望您也可以多留意一下。」

「我知道議長輔佐官對她有好感，但是為何要警戒到這種地步？」

「她在念書時曾發生過刀傷事件，您知道這件事嗎？」

男人試探般地注視著安納爾德這麼問，是指她在最後一個學年時差點遭到侵犯，並向對方做出反擊的那起事件吧？在調查妻子的報告之中，並沒有看見那個男人的名字。

頂多只是跟妻子一起出席慶功宴時稍微交談了幾句話而已。也可以說是最近在工作方面成為話題之一的人物。

「據說那起事件的主謀就是他。教唆其他學生實行犯罪，自己則裝作什麼都不知道、袖手旁觀的樣子……似乎從那個時候開始，就執著地想對拜蕾塔小姐出手了，還曾傳出要她當情婦的風聲。侯爵家也有私底下問過要不要到他們家工作。但聽說拜蕾塔小姐的父親大人察覺那只是表面上的藉口，實則打算納她為妾，便提早做出了應對。」

聽到他就是主謀，讓安納爾德回想起在慶功宴上的拜蕾塔。難怪妻子當時的態度有些不對勁。

再說了。

納她為妾？

拜蕾塔嗎？

這還真是有夠瞧不起她，安納爾德都不禁勾起嘴角。

「這件事聽起來還真是愚蠢呢。」

「是的。師傅聽了也是不禁冷笑。原以為在他已經死心，沒想到最近又出現，跑來向拜蕾塔小姐警告您要奪取她的性命。但她當然沒將這番話當一回事，很快就把他趕走了。然而在那之後立刻發生了這起爆炸事件，因此讓我感到很掛心。」

「他說我想奪取她的性命？」

而她沒把這番話當一回事，這可以視作她認為安納爾德是可以相信的人嗎？還是認為就連相不相信都無所謂呢？

現在的安納爾德完全無法斷定。

覺得身體相當沉重。不，應該說全身都疼痛不已。

雖然覺得身體不太對勁，但說不定是作了惡夢的關係，換了個想法的拜蕾塔隨之轉醒，這才意識到「元凶」，怯生生地開口招呼：

「早、早安……？」

一睜開眼，就見到丈夫露出典型的不悅神情站在床邊。

在理解到自己身處斯瓦崗伯爵家的夫婦寢室之前，更早一步掌握了丈夫的狀況。

好久沒有覺得脖子像這樣發麻了。

儘管內心很想逃走，卻又逃不了。

甚至無法判斷自己是自然清醒過來，還是在這道堪稱黑暗的氣場影響下而醒來。

工作應該相當忙碌的安納爾德，竟然到了太陽高掛天上的這時候還待在家裡。

而且聽杜諾班說，他本來就是幾乎不會回家才對。

實際上當拜蕾塔從領地回來之後，都還沒跟他碰過面。

這也讓人察覺出說不定是政變最高幹部的他，是真的相當忙碌。

明是如此，他現在為什麼會站在這裡呢？

「早安。雖然都已經過中午就是了。」

「咦？中午……啊，答覆挑選布料的期限！」

「今天一早妳的祕書有來訪，說會代妳給出答覆，醫生也說妳今天最好要靜養一整天。」

「這樣啊，太好了。只要有二十一號呈現的那股光澤感，一定可以量產出平價又出色的外套……對不起，我會好好靜養的。」

他散發出的黑暗氣場，感覺更加陰沉到好像可以聽見「轟隆隆」的聲音似的。不能講到工作上的話題。

要不然丈夫可能會變身成某種不太對勁的存在。

「啊，對了，那場爆炸！後來怎麼樣了呢？杜諾班沒事吧——」

安納爾德的臉色明顯大變，而且還是相當突然。

難道那個管家喪命了嗎？

拜蕾塔的神色頓時變得慘白。

在覺得那名男子很可疑的當下，就應該要讓杜諾班再往後一點退去才對。當時沒想到他會選擇自爆。明知對方正是在這場政變中，在大街小巷引發爆炸的那群人之一，應該要更謹慎處理才對。

懊悔之情刺痛了心。

這時安納爾德平靜地開口說：

「是父親發現倒在地上的你們。昏過去的妳緊緊抱著杜諾班，怎樣都不肯放開他，父親光是說大家是多麼拚命才把你們分開，就不知道害我聽了多久。當時似乎是抱緊緊又貼緊緊的樣子。」

「咦？杜諾班平安無事嗎？」

「妳承受了爆風及放熱的衝擊，他只是因為被轟飛的關係，臉上受了幾道擦傷而已。現在已經回到工作崗位了喔。」

「呼……太好了，真是太好了……你為什麼要用那種吊人胃口的語氣啊？」

帶著一點責難地抬眼一看，就見到丈夫臉上浮現一道冷笑。

咦？他動用了臉部肌肉。平常在家裡都不太常看到他流露什麼表情才是。

不過，就算是顧慮到妻子的心情而流露表情，也不該是冷笑吧？

此時此刻為什麼會露出這種表情呢？在場應該沒有要讓他這麼做的對象。

毋寧說，雖然是第一次看到他這種表情……

但脖子上發麻的感受，漸漸變成微微的刺痛。

可以的話真想逃開，不，應該說想盡快逃得遠遠的。

「妳的背部受到一度灼傷。由於頭髮也有點燒焦，因此米蕾娜讓女僕替妳將燒到的部分整理掉了。」

「啊，好的。謝謝。我之後會再向米蕾娜道謝。」

機靈又溫柔的小姑，很會替人操心。不難想像平常總是稱讚拜蕾塔的頭髮很美的她，比自己還更加心痛。

安納爾德不管這麼想著的妻子，繼續說：

「宅邸的玄關大半都被炸毀了，男人也被炸成肉塊。要清掃起來相當困難，考慮到女僕們都受到相當大的衝擊，因此找來專門的業者處理，順便修理玄關，連業者也說應該要修理好一陣子。用的似乎是殺傷力相當大的炸藥。」

「啊，這樣啊。」

「在這樣的狀況下，妳先擔心杜諾班，接著則要向米蕾娜道謝是吧？這樣啊。」

「咦，不行嗎？」

「是啊，真的很令人感到不悅。」

「為什麼啊！」

不悅是什麼意思啊？

在這狀況下自己也沒有奢望得到他的稱讚，但幸好家裡都沒有任何人喪命，出言慰勞一下也好吧？而且向可愛的小姑道謝也很重要。

但他竟然說感到不悅？

拜蕾塔的思緒陷入一片混亂。

接著安納爾德就開始了漫長的說教。說到頭來，重點好像在於不要跟男人緊緊貼在一起的樣子。以拯救人命為優先，為什麼還要被罵成這樣？然而緊接著管家之後掛念的是小姑，就被他指責「難道都沒有什麼話要對近在身邊的丈夫說的嗎」，回應了一句「我有對你打招呼吧」更是增添了他的怒火。

無法理解。

總覺得……現在插嘴不是一個明智的選擇。即使如此，拯救人命當然重要，小姑的一番心意也很令人感激吧？毅然決然對丈夫這麼一說，他就對自己露出降到冰點的笑容。

面對滔滔不絕地斥責的丈夫，拜蕾塔只是一再反覆地辯解及道歉。

「妳暫時禁止外出。」

冗長的說教講到最後，他拋出像是暴君般的這麼一句話，太瞧不起人了。

就算是拜蕾塔，被說到這個分上，內心也不斷湧現反抗的情緒。

「也太蠻橫了吧！我還要工作，不可能。」

「直到整個世局穩定下來就好，性命跟工作哪一個比較重要？」

「沒這麼誇張……我不會隨隨便便被殺掉的。」

實際上那個動手的嫌犯不但被炸死，內心也很明白當時靠那麼近的自己其實相當危險。不過，拜蕾塔並沒有打算說出這種話。要承認這點也讓人覺得心有不甘。
這不過是你一言我一語的反擊而已。
但安納爾德的目光頓時變得尖銳。
「哦，這樣啊。所以說無論是被炸彈炸到、被刀劍砍到，或是遭到槍擊，妳都不會死吧？」
「我並沒有說這種話。那就不叫人類了，這根本是像個小孩子一樣的歪理。」
「反正我就是死腦筋又固執嘛，而且還不知變通又心胸狹窄的樣子。」
「你、你是在說什麼啊？」
突如其來這番自嘲的壞話，讓拜蕾塔不禁愣愣地看著丈夫。
原本的怒火也消弭下來，儘管有種掃興的感覺，但本人似乎並沒有特別放在心上似的，繼續說下去：
「總之，妳禁止外出。不然，要我就這麼讓妳動彈不得也可以。」
丈夫那雙祖母綠眼閃現詭譎的目光。
見他突然就壓上床來，拜蕾塔下意識就抓起手邊的枕頭，往他的臉推過去。
「賭注期間是一個月。既然已經結束了，就請你別再碰我。」

夫妻生活只為期一個月而已。

安納爾德移開了枕頭，想了一下開口說：

「但妳是我的妻子吧？」

「確實現在還是，但你願意離婚的話，我立刻就會答應。」

「妳肚子裡說不定已經懷有孩子了。」

「即使如此，我們約定的是共度一個月的夫妻生活。」

「要是懷了孩子，夫妻生活就會持續下去。妳的月事應該還沒來潮吧？」

「是還沒，但也有可能沒有懷孕。如果沒有，你就會同意離婚，所以也無從共度夫妻生活。」

拜蕾塔認為既然現在無法證明，就算無法離婚，也足以成為拒絕夫妻生活的理由了。

「原來如此，既然雙方都無法做出判斷，要改變妳的意見應該是很困難吧？是說，妳跟艾米里歐．格拉亞契碰面了是嗎？」

「什……這跟你無關吧。」

他來告誡安納爾德是政變的最高幹部，而且還打算殺了身為妻子的自己，因此可以說是大有關係才對，但這個情報光是出自艾米里歐就極其可疑了。

「我的妻子還真是水性楊花啊。」

安納爾德忽然間一臉扭曲地笑了。

拜蕾塔內心湧上的怒火，讓身子不禁抖了起來。

他的口吻簡直就跟耳聞自己的惡名而靠近的那些男人一樣。

記憶伴隨著嘈雜的人聲在腦海中重現。

每一次、每一次、每一次——

「單方面靠近我，又自顧自唧唧喳喳地講個不停的，每一次都是對方好嗎！」

在那當中絲毫沒有自己的意志存在，都是逕自靠近，透過話語跟態度隨心所欲地羞辱自己。少女的心每一次都受到傷害，並藉由那份痛楚讓自己振奮起來。拜蕾塔知道就連想要保護自己的擁抱都別有意圖。正因為如此，才更該只靠自己的力量站起來。

無論意圖還是想法，全都在遠遠偏離拜蕾塔的地方蠢蠢欲動，把自己捲入其中並加諸理念，更貼上標籤。傳聞緊緊跟隨著自己，被形容為惡女、妓女、娼婦。

不管再怎麼掙扎，再怎麼抗拒，一而再再而三投來的視線都令人作嘔。

全是欲望、盤算、輕蔑跟嘲諷。

沒有任何人的雙眼是單純注視著自己。

不，唯有一個人。眼前安納爾德這雙彈珠般的祖母綠眼，就像無機物一樣。即使如此，不知不覺間似乎可以從中感受到某種熱意。

總覺得像是打從一開始便是如此，卻也覺得與一開始時有些不太一樣。

即使如此，只要參雜了欲望，對拜蕾塔來說那就是心生厭惡的目光。

拜蕾塔撇開了確實存在於那道視線之中，似乎能看透人心的率直視線。

因為他總是只會說些惹拜蕾塔生氣的話。

因為完全看不清他的真心。

就連現在也是一樣。

「拜蕾塔，這都要怪妳。」

無論何時，總是責怪拜蕾塔有著一副引誘男人的美貌。

責怪拜蕾塔強勢又自尊心高，態度還很傲慢。

責怪拜蕾塔腦筋轉得快又機敏。

到底是誰的錯？到底是誰害的？不管再怎麼問，答案總是會推回自己身上。

就連現在，他也是這個意思吧。

難道要是再醜陋一點，再柔弱一些，而且低姿態又駑鈍的話，就能得到幸福嗎？

但那就不是拜蕾塔了。

思及此，拜蕾塔一個咬牙，巴掌就朝著安納爾德的臉頰甩了過去。

第六章　最討厭的你

一天也修繕不完斯瓦崗伯爵家的玄關。畢竟經歷那麼大規模的爆炸，這也是理所當然。修復中的伯爵家玄關到處都掛著布巾，暫時用來區分隔間，但看慣平時厚重的門扉，總覺得輕薄得格外不可靠。

就像要堵住正在修復的玄關門口似的，身穿軍服的男人威風凜凜地站在那邊，看起來異樣地嚇人。

「應該沒有護衛的必要吧？」

暫且撇開所有事情，拜蕾塔總之先試著這麼反抗地說了一句。

然而對方依然是那副傲慢的模樣。完全不改自從來到這邊之後，全身都散發出覺得麻煩得要命的態度，就算惹得拜蕾塔不開心也無所謂的樣子。

「是啊，久聞了夫人的傳聞，我也覺得這次的護衛著實是一項無聊透頂的任務。」

「沒關係，那你請回吧。」

「這是長官命令，恕我無法違逆。」

「結果還是要服從長官啊。」

要是惹惱安納爾德，是會害他受罰嗎？竟然用這種方式給人找碴。一點也不需要這種愛八卦又有偏見的護衛。沒想到丈夫的心胸真是狹窄啊。拜蕾塔不禁在奇怪的地方心生佩服。

「少、少夫人……這位是？」

在一旁看著兩人互動的杜諾班按捺不住地插嘴問道。

拜蕾塔為了讓他放心而揚起微笑。

「是安納爾德的部下。」

其實拜蕾塔才想大聲質問為什麼要派這個人過來。

昨天甩了安納爾德一巴掌之後，他就跟著前來告知有召集令的管家，一起離開房間。好像是因為莫弗利的宅邸發生挾持事件才會發出召集。

他的臉頰上留著紅紅的印子，卻好像絲毫都不放在心上，然而之所以不發一語，是不是因為他感到氣憤不已呢？

冷靜下來想想，總覺得好像沒必要氣成那樣，而且也不構成賞丈夫巴掌的理由。儘管內心一再否認告訴自己本來就該給蠻橫的丈夫一點制裁，卻又很快就消沉下來。

自己只是把這一個月以來煩躁的感覺，發洩在安納爾德身上罷了。也不能說是這一個月，而是長年積鬱下來的情感。他大概只有十分之一的錯吧？不過，有錯就是錯。

不知為何，丈夫似乎是惹怒自己的天才。

一開始還打算要是見到安納爾德，就要問問關於他是政變最高幹部的那件傳聞，卻完全被拋諸在腦後了，也沒有試探他是不是有策畫要殺了自己。

在那之後安納爾德沒有再回家，也無法向他道歉。

拜蕾塔一早準備要去工作時被杜諾班發現。正當在玄關跟認為應該要以療傷為優先的管家討價還價時，身穿軍服的這個人就現身了，說是奉安納爾德的命令前來護衛，還一臉不高興的樣子。

已明言禁止外出，卻還是派了部下過來跟著，難道自己的行動就有這麼好懂嗎？抑或這是一種讓步呢？但在他派了一個惹人厭的男人過來的當下，早已認定是一種找碴就是了。

比起擔心再次遭受襲擊，這個男人的態度更讓人厭煩到深感陰鬱。要是因此害自己變得神經質，該向誰請求賠償才好啊？是挑起這場政變的犯人嗎？還是下了這道命令的丈夫？

「所以說，您打算前往某個地方是吧？要去找情夫嗎？」

讓人不禁自省，真不該惹怒那個心胸狹窄的丈夫。就連要去工作的地方都覺得愚蠢的拜蕾塔，向馬夫變更了目的地。

決定要前往帝都的商業區。

「呃，斯瓦崗夫人，請問您是要去哪裡呢？」

結果負責護衛的男人不解地這麼問，但並沒有義務要向他說明。

拜蕾塔要坐在眼前護衛的男人保持安靜。

說到頭來，拜蕾塔很生氣。

斯瓦崗伯爵家不但被認為使用領地寬裕的資金援助這場政變，還遭質疑與鄰國聯手擾亂軍紀。先不論安納爾德是不是政變的最高幹部，但實在很想澄清跟這個家沒有關係。不僅如此，拜蕾塔本人被捲入自爆恐怖攻擊中，還差點喪命。

一直忍耐遭受懷疑的狀況也很令人生氣。可以的話，實在很想踏入萊登沃爾的商會，實際觀察敵情。根據舅舅的教誨，若是不了解對手也無從應戰。不過這當然是指在商場上。

「這裡是武器行嗎？」

讓馬車停在帝都的商業區一隅，拜蕾塔走在大馬路上。隨著拜蕾塔的視線看去，護衛的男子靜靜地這麼問道。

「這裡是在萊登沃爾伯爵家的贊助下經營的武器行，你知道嗎？」

「當然。配給軍方的武器幾乎都是那間店提供的。雖然也有跟其他武器商人合作，但不論哪一家，款項全都是由國家直接付清。」

那還真是大手筆啊。

由於萊登沃爾伯爵家是帝國貴族派，因此不應該會提升在軍方發言的分量，想必是基於政治因素而無法拒絕吧？

面對如此強大的對手，究竟該怎麼應戰才好？光是從商店門面看來，也只能見到忙碌工作的店員以及客人而已，怎麼看都只是在做正當的生意，絲毫沒有可疑之處。

「您究竟是來做什麼的呢？」

「視察敵情。就算是再細微的情報都很重要吧？實際來看看也不吃虧啊。」

「原來如此，的確是不簡單。」

在對於護衛低語般碎唸的話起疑之前，拜蕾塔就看見店家後門停了一輛馬車而不禁皺眉，不對勁的感覺越來越強烈。

雖然是一輛裝有篷布的馬車，但以堆積著武器來說也太陽春了。如果是準備要裝載武器，那輛馬車感覺也運不動那麼沉重的貨物。更重要的是，篷布上沒有任何店家的標誌，就只是一樣隨處可見的篷車。

察覺這點時，就看到男人們從後門扛著一個麻布袋走出來。那兩人組將麻布袋扔進篷車的貨架之中。這時，可以看到有東西從麻袋束口的地方掉了出來。拜蕾塔定睛一看，才發現是人的手而感到恐懼。

天啊，那個麻布袋裡裝著一個人。

「你、你有看到嗎？趕緊去追蹤那輛馬車！」

雖然不知道是怎麼回事，總之眼前發生了犯罪事件。

竟然將人裝進麻布袋裡運走，怎麼想都是跟犯罪有所牽連。儘管不知道自己能幫上什麼，但對於熱心助人的拜蕾塔來說，不可能就這麼坐視不管。

「嘖，那群笨蛋……早就說過暫時在旁邊監視就好……算了，只能把妳也一起帶走了。」

「咦？」

聽見男人的口氣一變並轉頭看去時，心窩便遭到強烈的一擊。拜蕾塔就這麼昏了過去。

「……姐、小姐……！」

總覺得有人從意識的遠方不斷呼喚，這才忽然醒轉過來，只見眼前一位好像在哪裡看過的瘦小老人正注視著自己。他的一頭全白短髮有些凌亂，整個人看起來疲憊不堪。身上穿的簡樸襯衫及長褲似乎都是上等貨，卻顯得有點髒。更重要的是他雙手都被綁在後方，就這麼看著拜蕾塔的臉。

「這裡是……」

「喔喔，太好了，總算清醒過來了。妳好像是被迫吸入藥物並帶來這裡，大概昏睡了兩小時左右。不過，即使知道現在大概是剛過中午不久，也無法掌握這裡是什麼地方，畢竟我也跟妳一樣是被帶來這邊的呢。」

這個房間看起來像是還滿寬敞的會客廳。牆壁上有裝飾家具，暖爐上也掛有氣派的畫。可惜窗戶被厚重的窗簾遮起來，因此看不到外頭的景象。

拜蕾塔是倒臥在沙發上。

老人則是以雙膝跪在地毯上的姿勢，待在拜蕾塔身旁。

現在會跟自己待在這個地方，代表在萊登沃爾經營的武器行那邊目擊到的，就是他的手嗎？還是自己跟那個人被載到不一樣的地方呢？

「請問您是被塞進麻布袋裡並放上馬車的那個人嗎？」

「喔喔，妳有目擊到啊。對啊，那就是我。那些傢伙對老人有夠粗魯。剛開始被關在一處像是商店地下倉庫的地方好一段時間，接下來又被塞進麻布袋扔進馬車裡。我可不是豆子好嗎，雖然很小隻啦！好不容易抽掉麻布袋，又把我的手給綁起來了，一點也不懂得要尊敬老人家耶。」

「不好意思，我完全搞不清楚狀況……」

「哈哈，但妳看起來十分冷靜呢。我記得妳是斯瓦崗中校的妻子吧。」

「您認識我嗎？」

「畢竟在慶功宴上蔚為話題啊。就連那個冷血狐在妻子面前也不成樣子，實在太厲害了。不過以那個小子來說，的確是流露出相當柔和的表情呢。」

「什、什麼？」

請問這是在說哪一隻狐狸呢？
絕對不是自己知道的他吧。
先不說他有沒有作為政變的最高幹部大顯身手，他可是個不過因為被賞巴掌，就派了愛挖苦的部下來當妻子的護衛，這般心胸狹窄的男人。
不過看樣子這位老人認識安納爾德，也知道慶功宴上的事情。
確實覺得有在哪裡見過他。拜蕾塔仔細思索了一下，便回想起來了。
「您是葛茲貝爾上將閣下？」
梵吉亞．葛茲貝爾是一位被頌揚為身經百戰的英雄的軍人。聽安納爾德說也是他的恩人。就是在慶功宴上遠遠見到的那位矮小精悍的老人。
「前陣子已經退伍啦，沒想到這麼漂亮的小姐竟然認識我，真教人害羞啊。」
總覺得在這個笑得爽朗的老人身後，看見了惡魔般的男子，真不愧是莫弗利的前長官，實在教人感到戰慄。說不定是長年以來呼吸同樣的空氣，就會變得相似了。換句話說，丈夫也會變得越來越像莫弗利嗎？
那也太恐怖，比罕見的傳染病還棘手。
「請問把我帶來這裡的是一位軍人嗎？」

「是啊，妳心裡有數嗎？」

安納爾德安排的護衛態度未免太差了，之所以完全沒有擺出尊敬人的態度，是因為打從一開始就決定要綁走自己嗎？但總之既然是他把自己打昏，那麼拜蕾塔也能順著推測出把自己帶到這個地方的軍人，想必就是今天早上前來護衛的那名男子。

「似乎是丈夫的部下。」

「嗯？不，以那小子的直屬部下來說，那個人所散發出的氛圍也太殺氣騰騰了。唔嗯，看樣子是有一群作惡多端的傢伙在操控呢。」

「您也認識丈夫的部下嗎？」

「稱不上認識他率領的整支聯隊就是了，但他跟直屬部下之間滿要好的喔。在南部打仗時他還會替部下買幾個高級娼婦，甚至包下整個高級娼館之類，大家都很感謝他耶。」

從威德口中也聽過類似的話。是不是只要上了戰場，軍人都只會聊女人的話題呢？

「他總是冷靜地擬定冷酷的作戰，因此敵人對他戒慎恐懼，但部下們倒是都滿仰慕他的喔。啊，但在慶功宴上有被他們埋怨就是了。」

「在慶功宴上？為什麼呢？」

「那當然是因為天底下可沒有什麼機會，能近距離瞻仰這麼美麗的小姐啊。大家都很期待他至少會把妳介紹給部下們認識，沒想到根本不讓他們靠近呀。」

在慶功宴上曾問過安納爾德「不用去跟大家打招呼嗎」，但他只是擺出格外冷漠的態度說「只會讓氣氛變差而已」，但其實是不想介紹拜蕾塔給部下們認識啊。畢竟那時說自己是惡女的謠言就連在軍方都傳開了，也可以視為是保護妻子不暴露在惡意之中。然而丈夫又同意把自己視為免費娼婦的看法，換句話說那或許並非出自善意，只是覺得會很煩而已。

「雖然是很久以前的事了，但在某次作戰中那小子的部隊裡混進了一個間諜，並發現有情報洩漏出去。當時反過來利用那個情報，輕輕鬆鬆做出反擊的，當然是他本人。我只是告訴他誰是間諜而已，但在那之後大概是感受到恩義吧，處處都會為我設想。他看起來確實是個冷血的狐狸，但其實也是個重情義的熱血男人喔。我聽說他在那之後，就會盡量保持跟部下之間的交流。」

安納爾德確實說過梵吉亞是他的恩人，原本以為尊敬他是莫弗利的長官而已，看來真的是被他救了一命。

「這樣的男人無論被部下糾纏到什麼地步，都堅持不介紹妻子給他們認識，可真是有趣。」

一句話都答不上來的拜蕾塔，就這麼低下頭去。如果可以頂上一句「應該是因為他不把自己放在眼裡吧」就好了。

安納爾德從來不會特別說些什麼。然而自己卻擅自心懷期盼，臉頰也熱了起來。

他難道不是認為自己沒有介紹給他人認識的價值嗎？

讓人不禁對著與自己的理智完全相反而感到欣喜的心，拚命地找起藉口。

就連現在也是，被他部下害得帶到這種地方來。究竟對他還抱持什麼樣的期待？說穿了，艾米里歐早就說過拜蕾塔會被捲入爆炸事件之中，都是安納爾德所策畫。

不對，他如果真的想殺了自己，沒必要透過這種麻煩的計畫才是。

而且也不會擔心到那麼生氣的程度吧？

回想起被他諄諄告誡一番的事實，拜蕾塔總覺得有些難為情。

沒錯，他很擔心自己。一心只顧著工作，忙到幾乎不回家的丈夫，一聽到妻子受傷就立刻趕回來了。

那還真是令人覺得……

相當開心。

話雖如此，也無法保證安納爾德並沒有想殺害自己。

正當內心為此感到煩悶不已時，門扉突然開啟。

「怎麼，妳已經醒了啊。」

走過來的人是艾米里歐。

「格拉亞契先生……這是怎麼回事？」

「因為妳差點被人殺掉，我才救了妳一命啊。」

「那你要怎麼解釋葛茲貝爾前上將也在這裡呢？他很明顯還被綁住了。」

「才想說敵人總算現身了……是議長輔佐官啊。換句話說，在幕後指使的是貴族派啊。」

梵吉亞似乎也認識艾米里歐。畢竟他以代理議長的名義出席慶功宴，或許也是理所當然。

「我並沒有那麼大的權限，把我抓來是有什麼意義嗎？」

「當然，這是獵狐的必要環節喔。以堵住巢穴，再把獵犬放進狩獵場裡，並讓馬隨心所欲地活動的計畫來說，可是很重要的棋子呢。」

「格拉亞契先生，你在閣下這位歷經百戰的英雄面前說這種話，未免太過分了。」

梵吉亞歷經過無數戰場並立下許多功績。竟然把這樣守護帝國無數次的人當成是棋子。雖然知道艾米里歐討厭軍人，但即使如此這麼說也太難聽。

「哼，我一點也不覺得有必要顧慮軍人的感受。既然不喜歡棋子這個說法，要當他是獵犬也可以，反正跟我沒關係。更重要的在於包圍狐狸啊。」

狐狸指的是安納爾德吧。也就是說，抓了梵吉亞就能讓安納爾德隨著他們的計畫行動。

「為了誣陷斯瓦崗中校是政變最高幹部是吧。」

「竟說是誣陷，真是聽不下去啊。所有計畫都是中校擬定的。我們則是為了阻止他而採取行動。畢竟，他連直屬長官的那位上將都敢動手啊。」

他說的直屬長官想必就是莫弗利。拜蕾塔知道因為他的住處發生挾持事件，安納爾德才會連忙趕去。然而現在又說是丈夫對長官動手，究竟是怎麼回事？

「這樣的發展想必是議長擬定的吧。竟然這種卑劣的手段……真不愧是貴族派，做事都這麼陰險呢。」

梵吉亞看起來只是不悅地皺緊眉頭，但人就近在咫尺的拜蕾塔看得出來他的肩膀微微顫抖著，應該是拚了命在壓抑怒火吧？因為得知貴族派發現安納爾德視他為恩人，才會利用這一點——他大概是無法原諒陷入這個企圖之中的自己。

艾米里歐從剛才開始就一再反覆狩獵狐狸這種話。整件事大概是計畫到在包圍起來的狩獵場中解決掉狐狸為止吧。

也就是說，要以政變最高幹部的罪名除掉安納爾德。

布局出這場政變掩飾掉關於支付獎金的事情，接著再把最高幹部的罪名推給軍方中校處刑，讓整件事情無疾而終。這就是這次舊帝國貴族派的企圖吧？要是成功了，軍人派會受到相當大的打擊，肯定也會增長帝國貴族派的勢力。

軍人派基本上都是以平民組成。莫弗利跟梵吉亞也是。在這狀況下，身為伯爵家長男的安納爾德挑起了軍事政變。而且還是率領多為平民的下級軍官以下的普通士兵，目標則是位居高層的那些軍人派將領。

透過將不肯加入貴族派的斯瓦崗伯爵家立為眾矢之的，不但能對擁有爵位並處於中立的軍人們起了殺雞儆猴的作用，也能宣揚貴族派的權力。

如果政變成功，就會因為吸收了安納爾德而導向對貴族派有利的結局，即使失敗了也是安納爾德會遭受處刑，更給軍人派帶來莫大的打擊。

就算沒有成功貴族派也不痛不癢，只有軍人派的勢力會遭到削弱。在這個計畫之中，無論最後迎來怎樣的結局，都不會造成貴族派的損失。

只要是軍人派中持有爵位的家族其實任誰都可以，偏偏這次安納爾德太過符合他們的條件了。不但賺了一筆戰爭財，還是持有領地家族的長男，在軍中也是廣為人知，而且還是在南部戰線中立下許多功績足以升格上將的莫弗利的直屬部下。這樣的他要是背叛了，想必會給軍方帶來相當大的衝擊。

實在令人不禁抱頭苦惱，丈夫竟然被捲入這麼駭人的事件之中。但與此同時也感到放心了。自從耳聞他是政變的最高幹部那時開始，就覺得很不對勁，看來自己的直覺是對的。如果是恩人被抓來當人質才會不得已採取行動的話，一切就說得通了。

但如此一來，就難以解釋盯上拜蕾塔的性命，並在斯瓦崗伯爵家引爆炸彈這一點。

「哎呀，妳總算醒啦。」

隨著開啟的門扉走進來的，是個有著一頭金色捲髮的華美女性。

看著那一樣帶著濃妝的臉，拜蕾塔不禁眨了眨眼。

「妳好呀，拜蕾塔．斯瓦崗夫人。」

卡菈．萊登沃爾瞇細了她那雙棕色的眼睛，看過來的視線當中，明確地帶有敵意。

慶功宴那時穿的是濃豔的紫色洋裝，沒想到在平常也是穿著花俏刺目的綠色洋裝。

儘管是一件難以言喻的洋裝，散發出的氛圍還是相當華麗。而且與她合適到甚至教人覺得痛快。

「歡迎來到萊登沃爾伯爵家。話雖如此，這裡也不是本宅，而是別墅。本來應該只有要託我帶過來的人而已，為什麼還會莫名其妙跟了一個多餘的拖油瓶呢？既然清醒了，能不能請妳出去？我不記得有邀請妳呀。」

對拜蕾塔來說，又不是自願來到這裡，可以的話也想回去。雖然不知道自己是基於誰的意圖才會被帶到這邊來，但至少可以確定不是卡菈。換句話說，可能是出自艾米里歐的指示。

「已經快到約好的時間，我就把那邊的老爺爺帶走囉！要是不把他弄得乾淨一點，可是會被罵呢。」

看樣子卡菈是為了帶走梵吉亞才來到這邊。但拜蕾塔不禁疑惑地想，她究竟是會被誰罵呢？

艾米里歐似乎知道卡菈要跟誰見面，只見他悠悠地揚起笑容。

「他很快就會來了喔，萊登沃爾女伯爵。您已經做好招待的準備了嗎？」

「當然呀。他喜歡的酒跟料理我都準備好了，反正這位小姐想必是無法滿足他嘛。

「那麼，我們走吧。」

洋裝的裙襬隨著轉身的動作翻揚，她就這麼帶著梵吉亞離開會客廳，並摔上了門。

這個人是不是沒發出一點聲響就不甘心啊？

她身上依然散發出強烈的香水味。拜蕾塔都不禁被嗆了一下。而且她明明已經離開了，光是殘香就如此刺鼻。

在這個只剩下自己跟艾米里歐的會客廳裡，忍不住咳了兩聲之後，他便開口催促道：

「喂，走吧，要是在這邊繼續拖下去，妳可是會被殺掉喔！」

「這是什麼意思？」

「因為妳的丈夫要過來這裡啊。」

「安納爾德要來？」

也就是說，卡菈是為了迎接安納爾德的到來才在做準備。要把梵吉亞整理得乾淨一點，應該是為了表達沒有不當對待他吧？但自己為什麼會被殺害呢？

「我不覺得自己有必要逃跑就是了，說我會被殺害還真是危言聳聽呢。」

「妳打了斯瓦崗中校對吧，難道就不覺得會因此遭受報復嗎？」

是有腫到會遭他報復的程度嗎？

拜蕾塔不禁沉默以對，艾米里歐一邊回想著就愉悅地笑了起來。

「他臉頰又紅又腫，在軍方那邊好像也相當值得一看喔。今天是國會第一天，中校也有來參加，雖然已經消腫一些了，還是引起軒然大波呢。會對那個中校做出這種事情的，我看也只有妳了吧？」

換句話說，不只是軍方的人，就連參加國會的議員們也都目擊到了是吧？

但明明就從來沒有提及是自己打的，他這樣宛如確信的態度是怎麼回事？

看過來的那對冰藍色目光之中，大概帶著揶揄的神情。要坦率地點頭回應「你說得對」總覺得有些令人惱火。

他熟知自己在史塔西亞高等學院的過去，總教人覺得覺得很不舒服。

「答不出來就代表肯定了吧？這樣啊，果然是妳打的。」

「你看起來還真開心呢。」

「誰教他不聽我的忠告，自作自受吧。」

所謂忠告，指的是慶功宴那時的事情吧。印象中艾米里歐只是搬出拜蕾塔是惡女的傳聞而已，並沒有說到會被打這種事情，但看到他得意洋洋地模樣實在令人非常火大。

原來如此，他還因為慶功宴那件事懷恨在心。虧他特地跑來說嘴惡女的傳聞最後卻被趕跑，應該是讓他的自尊心傷得不輕吧。

他還是一樣既陰險，個性還很差勁。

「我很讚賞妳惹怒丈夫的態度，但勸妳不要違逆女伯爵比較好。」

之所以賞了安納爾德巴掌也不是想被艾米里歐誇獎，不過給出不要惹惱卡菈的這番忠告，又是什麼意思？

「她相當恨妳喔。」

「我想不透自己有哪裡惹她怨恨了。」

「我也不懂那麼執著於狐狸的女人心，但她討厭到覺得妳很礙眼。」

這豈不是反遭怨恨嗎？

拜蕾塔試探地向艾米里歐問出無意間浮現心頭的疑惑。

「這意思是她對我恨到想殺了我嗎？」

艾米里歐撇開視線，露出相當不悅的表情。說沉默就代表肯定的人正是他自己。

也就是說，想利用四處都有發生爆炸事件的政變時趁亂殺了自己的人，是卡菈。

「你為什麼要騙我是安納爾德下的指示？」

「還不是因為妳瞧不起文官！」

「啊？」

看不出這段對話是怎麼接下來的。

為什麼自己差點被卡菈殺掉的事實，要讓我誤以為是安納爾德所下的指示，會跟瞧不起文官扯上關係？

「妳從以前就只顧著跟軍人及商人打好關係，最後甚至還嫁給伯爵家的中校……妳之前明明就沒把我們家的邀請放在眼裡，不是嗎？」

「邀請？」

「本來是要請妳到侯爵家來工作，當初答應的話，妳現在早就是我的情婦了。」

拜蕾塔從來沒有聽過艾米里歐家有來問過要不要去那邊工作的事情。但想也知道身為軍人派的父親就算收到貴族派侯爵家提出的邀請也會拒絕。要是當時就看出他所說的，只是要讓自己成為他情婦的藉口，那更是不可能接受。

從艾米里歐認為自己應該要心存感激地答應這番態度之中，就能窺見上位貴族有多麼傲慢。就這點來說，或許是滿瞧不起他的。

「竟然要一個十六歲的少女成為自己的情婦，你瘋了嗎？」

他大概是真的認為侯爵家長男的情婦身分很了不得吧？這麼想著，拜蕾塔也嘆了一口氣。就算跟他辯論這個問題，也無法填平彼此之間的代溝。

所以情婦的事情怎樣都好。不如說，重點在於艾米里歐的努力。

「你以前不就說過想進入國會、成為議員嗎？我才不會瞧不起經過一番努力並實現夢想的人。說穿了，無論文官還是軍人，我本來就不會歧視任何職業。」

「妳為什麼……！明明還記得那些瑣碎的事情——為什麼老是說這種令人火大的話啊？」

「這是在稱讚你，我才不懂你為什麼要生氣？」

「因為妳還是一樣，淨說那種自作聰明又囂張的話……！女人只要乖乖依靠男人就好了啊。」

如果想要的是那種女人，別來招惹自己就沒事了。

雖然腦中瞬間浮現了這樣的辯駁，卻無法說出口。

因為緩緩靠近的艾米里歐，就這麼捏著拜蕾塔的下巴並向上抬起。就算身體被壓向伯爵家材質柔軟的沙發，也不會讓背部受傷，但被他抓住的地方卻疼痛不已。

在甚至能感受到呼吸的距離之下，他瞇細了一雙冰藍色的眼睛。

「你要做什麼！」

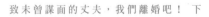

「遇到這種狀況都不會感到害怕，是因為很習慣了嗎？還是妳偏好這樣呢？討妳歡心並非我的本意，但要我奉陪也不是不行。」

「你說什——嗯嗯！」

因為愉悅而堵了上來的嘴唇，讓拜蕾塔不禁睜大雙眼。

他應該很討厭自己才是——不如說，拜蕾塔覺得深受他憎恨。

就算要找自己麻煩，也從來沒想過會演變成這種行為。

確實是輕忽了。

自己好歹也是軍人的妻子。還以為再怎麼樣，他應該都不是那種會對自己瞧不起的軍人家、還是有夫之婦出手的狡猾男人，看樣子是太高估他了。

實際上他就真的吻了上來。

這樣的事實，讓一股強烈的厭惡感穿透過去，感覺就像貫穿了體內似的。

全身都像掀起一陣嘈雜般起了雞皮疙瘩。

好討厭。

竟然跟他的吻差了這麼多。

頓時思緒游移，似乎聽見了他低語著自己的名字。

『拜蕾塔，妳想要的是這個吧？』

他的動作乍看之下是既隨心所欲又奔放，然而自己深知每一個舉止都十分溫柔。

他總會試探般地這麼問，是在顧慮自己的感受。

對於即使如此還是會途中就耽溺於自己身體的那個男人，拜蕾塔早就發現自己在朦朧的意識之間，也不禁感到欣喜。

在至今的人生當中，一直都深感厭惡的身為女人的那個部分，確實存在著會因為丈夫的索求而欣喜的自己。

現在則是……

得知了自己並非無論對象是誰都可以。

「哈！這樣讓妳嘗到苦頭，就知道要乖一點了吧——妳、妳為什麼哭！」

狼狽的艾米里歐連忙放開雙手。即使重獲自由，身體依然像是還被壓在沙發上一樣動彈不得，拜蕾塔雙眼只是不斷留下斗大的淚珠。

「既然會因為這種事情而哭……打從一開始來仰賴我不就好了？」

艾米里歐一臉愁悶的樣子，再次抬起拜蕾塔的下巴。

「妳就這麼成為我的情婦吧？我會好好疼愛妳的。」

開什麼玩笑！腦海中完全氣憤不已，卻只能徒然凝視著再度靠近的那雙嘴唇。

只要不是突如其來的舉止就躲得過、只要把他捏住下巴的手拍掉就好——就在拜蕾塔一邊流著眼淚瞪視著艾米里歐的瞬間，映入眼簾的光景不禁讓人倒抽了一口氣。

❀

「你……算我拜託你了，這種時候不要再給我添麻煩好嗎？」

國會第一天一結束，在參加名為反省會的晚餐會上，莫弗利的輔佐官，也就是副官跑來向自己搭話。

畢竟是跟長官一同享用的餐會，桌上擺滿了豪華的餐點，但完全不把那些菜餚放在眼裡的副官滔滔地碎唸起來。

「臉頰上還帶著紅紅的掌印，竟然直接出現在政變的挾持事件現場，不過看在你輕輕鬆鬆解除狀況的分上，這就算了。到了隔天，無論軍方還是國會關注的全都是你的臉頰，到底是怎樣啊？你是軍人吧，為什麼連准將都那樣注視著你啊？」

本來還很刺痛的臉頰應該已經痊癒了。而且就妻子來說，這樣的力道其實令人意外的溫柔，腫脹的程度也沒有多嚴重。她要是拿出真本事來，應該不只是留下掌印而已……光是想像了一下，就覺得背脊一陣發涼。

再怎麼說，她的力道都足以握劍揮舞。只是巴掌而已，或許該感到慶幸了。總覺得這似乎觸及了妻子的溫柔，忍不住輕笑了一下之後，身旁的副官就露出一臉鐵青的表情。

「為什麼你能摁著被呼巴掌的地方笑出來啊……」

帝國國會是每季舉辦一次，並花上一個月的時間進行討論。主要工作在於重新審視現有法律，以及決定新的制度等等，統整對於帝政的各項訴求。由於只有全都是貴族組成的國會議員才能參加，軍人方面若不具有少將以上的權限，就不得參加國會。換句話說，只要有將官以上的權限就能參加，而且只要是他們認同的人也可以。

這次是由身為莫弗利副官的中將、軍方參謀的准將，以及安納爾德隨同參加。莫弗利在昨天的挾持人質事件中身受重傷，現在陷入昏迷狀態，並藏匿在某個地方——表面上以這番說辭而缺席這天的國會。

畢竟國會是以貴族派為中心，他們會群起壯大勢力也是理所當然。關鍵就在於他們會怎麼駁倒軍人派。

「我看你這個傢伙，八成是在想自己可愛的老婆吧。啊～討厭死了，已婚的人都不替單身漢著想的。就算再多陪陪我這個回去也只有昏暗的家在等著我的人一下，應該也不會遭天譴吧？」

莫弗利這麼說。

「還不是因為你家在昨天的挾持人質事件中半毀了，才會在這種地方吃晚餐。就算多少慰勞一下陪你吃飯的部下，也不會遭天譴吧？」

副官回應道。

莫弗利的家昨天發生挾持人質的占領事件，花了十個小時與犯人對峙到最後，就丟了個炸彈並讓小隊直接突擊，結束了整起事件。不但平安救出人質，也確實逮捕了犯人，但長官暫時無法回家了。不但如此，為了散播他深受重傷而且陷入昏迷，現在正在鬼門關前徘徊的假消息，他從昨天就一直躲在辦公室裡。雖然很想對外擴散這個消息，但這個作戰麻煩的地方，就在於還得表現出拚命隱瞞軍方高層這項情報的態度，因此讓莫弗利感到滿無聊的樣子。

為此，忙碌的部下還得聽從他說「想一起吃晚餐」這種一點也不可愛的任性話。就算不是副官，也難以忍受。

「是閣下不想受到任何束縛吧？即使替您著想，應該也沒意義才是？」

「才沒這回事呢。你看，這豈不是給我可愛的部下介紹了一個好媳婦。」

「中校確實是看起來滿幸福的，但您自己沒結婚不就是最強力的證據了嗎？」

莫弗利苦笑著噘起嘴，副官便圓了場子。即使嘴上說著抱怨，但還是拿著酒杯緩緩地啜飲著，結果就連酒都品嚐了起來。

說穿了，要提交資料給國會本來就像是假動作一樣，只是為了向國會強調「軍方並沒有察覺這次政變背後真正的意圖」而已。報告中只陳述了因為獎金遲遲沒有支付，導致氣憤的歸還兵引發這場政變，並受到莫大損害，完全沒有提及隸屬國會的貴族派干涉其中的事情。不僅如此，還裝作拚命隱瞞本該在上位進行指揮的上將不見蹤影的狀況。面對國會議員們不斷要求軍方交出莫弗利時，也表現出不斷列出亂七八糟的藉口才總算拒絕的軟弱態度。

就結果來說，國會就這麼在貴族派一味地批評軍方之中結束。

但實際上當時已經布署好正式作戰的實踐部隊，現在已經在各地執行作戰了，正一個個擊毀經過調查得知的幾處那些政變參加者的據點。

由於其他人早已忙著採取行動，更顯得悠哉地舉辦晚餐會的莫弗利異常，不過在場沒有任何人會因此臉色大變或是出言阻止。

「也差不多到了要把我叫過去的時間了。」

「喔喔，也是呢。」

安納爾德無可奈何地開口之後，莫弗利落落大方地點了點頭。然而這場鬱悶的晚餐會，這時也因為某個男人的闖入，而讓氣氛一口氣變得緊繃起來。

「報告，尼爾巴採取行動了。」

「咦，沒想到這麼快。」

尼爾巴在舊帝國語中，意思是指勤勉的老鼠。

舊帝國語常會在國會中聽到，但在軍方幾乎不會使用，因為那單純只是舊帝國貴族出身的一種象徵而已。現在帝國使用的是大陸共通語言，所以是跟軍人毫無關係的語言。

頂多只是偶爾會旨在挖苦國會或帝國貴族派，而用在作戰名稱上而已。

這次也用來稱呼參加政變的那些帝國貴族派的軍人總稱。就跟叛徒或間諜同義。

用語本身是沒有問題。

但問題在於跑來報告這件事情的男人。

安納爾德知道自己自然地瞇細了雙眼。

「賽托爾中尉，你的護衛任務結束了嗎？跑來報告關於尼爾巴的行蹤，是怎麼回事？」

意料之外的低沉嗓音，讓賽托爾一邊敬禮，也不禁微微抖了一下。

「不可以欺負部下喔。」

「他應該正在護衛我妻子才是，閣下也有同意派遣護衛給她，應該知道這件事。然而他現在卻做了關於尼爾巴的報告，我應該有質問的權利。」

為了當拜蕾塔遇襲時不會再次發生同樣的事情，安納爾德便請莫弗利同意派遣人員去護衛妻子。

「話雖如此，他現在人就來到這邊了嘛，先聽他報告再說吧。」

莫弗利的語氣很是悠哉，賽托爾則是很快地進行說明。

「是，報告，尼爾巴將隊長的夫人帶走了。斯瓦崗伯爵家的馬夫遭人用蓆子捲起，隨同空蕩蕩的馬車返回了伯爵家。」

這個瞬間，本來拿在安納爾德手中的酒杯發出碎裂的聲響。

然而就連這道玻璃破碎的聲音，在安納爾德聽來似乎都格外遙遠。

「哎呀，那姑且是古董耶……好像是不知道幾代以前的皇帝愛用的東西……總之那是皇帝陛下賞賜我的耶。」

「我還真不知道閣下這麼喜好古董啊。」

「怎麼可能，我只是在煽動部下的失態而已。比起這個，真難得呢，我還是第一次看到你露出這樣的表情。」

可以出手砍殺眼前這兩個悠悠哉哉地上演喜劇的男人嗎？

然而安納爾德也深知那不足以壓抑內心席捲而至的情感。

「這是您設的局吧？」

之前請求莫弗利同意替拜蕾塔安排一個護衛，在得到許可之後，安納爾德立刻就指派了自己的部下。賽托爾不但是直屬部下，也是個值得信賴的人。

事前當然有要拜蕾塔別離開斯瓦崗伯爵家，但安納爾德不認為那個妻子會乖乖服從自己的要求。所以才會認為有這個必要。

然而那個人卻在不知不覺間放棄護衛任務，現在還前來報告叛徒的行蹤。而且報告的內容還是妻子跟那該死的叛徒一起消失了，想也知道在這當中存在著某個人的意圖。

那個人大概是指派叛徒去護衛妻子，並讓賽托爾監視他的行蹤吧。而且下了這個指示的，正是眼前這個笑咪咪的男人。

「什麼？竟然懷疑我，你瘋了嗎？難道你認為我能夠預測到你老婆會被帶走嗎？」

「我之所以會請您同意安排護衛，就是設想到事有萬一可能會發生這樣的狀況。閣下不可能沒有想過吧。」

「呵呵，畢竟你老婆可是引發事件的天才呢。不過，你覺得自己還有時間在這邊悠哉地指責我嗎？」

那副笑咪咪的模樣，簡直就是惡魔。

到底是哪個傢伙在面對這種非人時，還會奢望事情平凡發展的？

可以的話，真希望他能好好收拾善後，然後就直接踏上黃泉。

說穿了，實在很想告訴他不要把別人捲進來。如果希望莫弗利能乖乖地不要惹事，只要針對他就沒問題了。就算會互相傷害，也希望可以透過單挑解決事情。

然而，敵人卻花了很多時間在設局。想做個了斷也還需要一段時間。自己真的有辦法這麼悠哉地等下去嗎？理性地捫心自問，立刻就能給出否定的回答。

迅速行動，用最低限度的動作祭出最高限度的攻擊。

這就是刻印在帝國軍人心頭的口令。

「地點在哪裡？」

一朝著賽托爾看去，部下就立刻做出回應。

「萊登沃爾伯爵家的別墅，辛蒂巴格館。是在依安大道跟鄧泰亞大道東南方的一棟宅邸，位於漢達地區的第七街區。」

總覺得好像在哪裡聽過這個地方。無意間覺得有些在意的安納爾德，還是默默地點了點頭，並走過部下的身邊。

「中校，請問可以讓我與您一同前往嗎！」

賽托爾維持著敬禮動作這麼喊道，安納爾德光是忍下嘖他一聲的衝動就盡了全力。

「那就一起走，順便調動第三中隊過來，皮凱中尉。直接前往鎮壓。」

隨口就下了鎮壓命令，但以現在的安納爾德來說會下此決定也是無可厚非。

感覺已經怒不可遏了。

雖然在被捲入爆炸事件中時只受到輕傷，但拜蕾塔畢竟還是個傷患。妻子身體狀況都並非萬全了，竟還被擄走。

而且擄走原本想要殺害的對象也不符合邏輯。說不定敵方那邊也稱不上團結，或者是認為她無論生死都無所謂。

她要是死了就能牽制安納爾德，如果活著也能挾持作為人質。
妻子竟然落入這種人的手中。
只要安排合適的護衛，說不定就能防範這件事情發生，卻沒想到在長官的命令下被奪走權限，並遭到部下的背叛。
光是想像了拜蕾塔身處的狀況，就讓他平生第一次體會了氣憤到想作嘔的感受。
也是第一次如此期望一個人能夠平安無事。
讓人產生想要仰賴的心情。
暈眩及耳鳴也極為惱人。
安納爾德咬緊牙關，像風一樣快步在走廊上向前邁進。

拜蕾塔茫然地看著艾米里歐的身體浮上半空，接著整個人就往牆壁摔了過去。
一頭灰髮的美貌男子就在視線前方，定睛俯視著拜蕾塔。
「安納爾德……你為什麼……？」

在感到驚訝的同時，他出現在眼前這點也讓人感到有些不安。

不，確實知道他會過來，因為是卡菈把他找來的。然而驚訝的是他並非出現在該拯救的梵吉亞，而是拜蕾塔的面前。

完全沒有顧及自己這樣的心境，安納爾德晃著一頭灰髮大步走了過來就緊緊抱住拜蕾塔。儘管他的肢體看起來瘦削，手臂其實強而有力。可以實際體認到軍服光滑的布料帶來溫柔的觸感。

已然熟悉的他的味道，也讓人得知這是現實。

不禁繃緊身體之後，他便悠哉地緩緩撫摸著背部。

這個動作就像在緩解不安一樣帶著慰勞的意圖，但拜蕾塔氣得沒有察覺出這件事。

「你為什麼要來這邊？葛茲貝爾前上將閣下在別的地方……」

「妳被弄哭了嗎？」

「我才沒有哭！」

看著安納爾德瞇細了一雙祖母綠眼，細細端詳起自己的臉，拜蕾塔下意識這麼回答。直到剛才確實還在流淚，因此大概是從沾濕臉頰的淚痕得知的吧。

但現在並沒有在哭。

然而拜蕾塔也知道，這樣的反駁一點意義也沒有。只是不知為何，要承認這點教人格外不甘心，這就是個性倔強不已的結果。

他修長的手指輕輕拭去還堆在拜蕾塔眼尾的淚水，並嘆了一口氣。

接著刻意要做給拜蕾塔看似的，在眼前舔了一下手指。

「鹹鹹的。」

「請你不要舔！」

「呵，真是固執呢。」

他這麼說著，一記溫柔的吻就落了下來。

「唔……呼啊……等等，請你等一下！」

在安納爾德的懷裡掙扎起來時，他就在快要觸及的近距離下，溫柔地眨了眨那雙祖母綠眼。

「怎麼了嗎？」

「現在不是做這種事情的時候吧！你為什麼會在這裡——」

「安納爾德．斯瓦崗！你竟敢對我暴力相向，不要妄想我會放過你！」

被摔到牆壁上的艾米里歐臉色很差，他皺起忍著痛苦般的表情這麼放話，同時緩緩站起身來。

「哎呀，我的年紀還比你大呢。雖然家格在上的話，也是可以這樣直呼名諱。不過你還沒繼承爵位吧，真沒想到會被一個區區的長男這麼稱呼。」

「放開那傢伙。別靠近她……」

「她是我的妻子。這麼說來，拜蕾塔。回家之後要懲罰妳喔。我有說過不准踏出家門一步，對吧？」

「我也說過我不要！」

有必要現在翻出這筆舊帳嗎？

語帶怒氣這麼吼了回去，安納爾德頓時扭曲的表情便湊了過來。

然後就這麼深深地吻住。

「等……呼！等、等一下……嗯嗯！」

艾米里歐隨時都有可能攻擊過來，怎麼還能背對著他啊？而且竟然像是故意吻給別人看一樣。

「因為我的妻子實在太可愛了，真拿妳沒轍。」

「你到底是什麼意思！」

推開他湊過來的臉時，眼角餘光瞥見頓時語塞的艾米里歐。他整個人絲毫不見要攻擊過來的氣勢。敵對的男人不但背對著自己，還公然親吻起來，說不定也讓他喪失了偷襲的氣力。

當整張臉因為羞赧而紅透時，安納爾德更是加深了笑意。

「瞧，很可愛吧？」

「請你適可而止！」

是不是無法溝通啊？

感覺好像在跟外國人講話一樣，讓拜蕾塔覺得頭都暈了。

但安納爾德只是開心地笑了笑。完全無法理解他在這種狀況下怎麼還笑得出來。

「我想讓妳知道自己是誰的妻子。」

一邊這麼說著，他又再次吻了上來。

母親是個孩子氣的美人。

父親跟舅舅都說自己跟這樣的母親很相像。兩人都溺愛著母親。父親受到母親的美貌、優雅身姿，以及隨和但意志堅強的個性深深吸引，舅舅也因為是在母親的培育下成長，比起親生母親，更景仰她這位姊姊。

他們都說「因為是像母親，所以妳這麼可愛」。

因此從小就明白自己是因為像母親，才會受到他們疼愛。

兩人基本上都是以母親為中心。

其次才是自己。正因為如此，才會去做那些母親沒做過的事情。

像是練劍，還有學做生意。

但他們總是會看著自己身上母親的身影。雖然不會否定拜蕾塔的作為，但只要無意間做出像是母親的動作，他們就會露出滿面笑容。

從小到大，拜蕾塔的世界一直相當狹隘。

她開始夢想著希望可以在一個沒有人認識自己的地方，生活看看。

內心當然也對戀愛抱持憧憬。但比起那些浪漫的事情，自由更打動自己的心。想要從事某種工作，並自立自強。

一直以來都是抱持著這樣的渴望。

父親是個有著標準帝國軍人想法的人，認為婦孺本該受到保護，女人就該結婚才能幸福，因此從小就常會跟他吵起來。確實能從言行之中感受到父親對自己的愛，但就算不斷解釋那對自己來說並不是幸福，卻還是依然故我地用一句「任性」反駁一切，實在讓人很想揍扁他。

但還真沒想到，在不斷反抗之下嫁過來的夫家，待起來會比想像中還要舒坦。

自從公公不再酗酒之後，就發現他的行事作風是只要有利用價值就會利用到底，相當好懂。那個人理所當然地對拜蕾塔說要利用自己提升伯爵家的利益，既然都嫁過來了，當然就得好好工作才行。

那副高傲地指使人的態度，當然很令人火大。然而，經營斯瓦崗領地的觀點又不同於經商，做起來也是滿有趣的。

將利益置之度外而建造出來的東西，最終都是為了領民。這讓拜蕾塔學到所謂的公共事業，就是砸下龐大的預算，最後達成讓那片土地豐饒起來的目標。

雖然經商也不是只顧及眼前的利益，但兩者的看法有著根本上的差異，必須知道要怎麼做才能拯救弱者。然而光是如此，並不會得到其他人的贊同。看在那些只追求利益的人眼中，這些行動全是白費工夫。肯定會被對方用「既然要花這麼多錢，還不如活用在可獲利的事情上」之類的說法反駁。

就算跟他們解釋「這兩件事情就本質來說完全不一樣」，也聽不進去。沒有可以圓滿解決的方法，還要提出至少可以安撫部分聲浪的策略，這很令人苦惱，卻也滿愉快的。無法否認，讓自己換位思考是一件開心的事情。

或許就是這樣，才會產生貪念。

雖然斯瓦崗領地以伯爵家為主體的事業，到處都有一點問題，不過一邊摸索著做，也能勉強引導出解決的方向，做起來很有成就感。不太會有人去關注拜蕾塔的性別以及這副容貌，能夠專注於工作的環境真的太棒了。

而且丈夫說不定也不會回來。

反正自己就是連一封信也不值，不被放在眼裡的妻子。

正因如此，拜蕾塔才會產生這樣的想法。

搞不好自己往後可以一直以斯瓦崗伯爵家媳婦的身分過著自由的生活——然而才感到放心而已，就被丈夫侵犯了。

一說是初夜，就擅自要了自己的身體；因為思緒太過混亂、做不出什麼像樣的抵抗，令人懊悔不已，就是這樣的夜晚。

不但寡言，還看不透究竟在想些什麼，總是立刻就會惹自己生氣。

其實拜蕾塔明白他滿替自己著想的，也能感受到他笨拙的顧慮。

更知道他有時會用帶著熱情的眼神，注視著自己。

當他說妻子是免費的娼婦，而且會吸引那些男人都是拜蕾塔自己的錯。

每當這種時候，自己就會因為不受到丈夫的喜愛而感到消沉。

掛念著倒映在那雙祖母綠眼中的自己究竟是什麼模樣，情感也會隨之起伏，感覺就像個蠢蛋一樣。

無論說出只要基於賭注勝負，要離婚也可以這種荒唐的事情，還是被他視為一如傳聞中隨便的女人都令人不悅。自己並沒有捨棄自己從小的夢想，想離婚，但又不太想。

就在這樣動搖的複雜心境中，有一個小角落，肯定有他存在。

總覺得甚至都就此住下來了。

所以，自己絕對不要成為他的枷鎖。

追求自由的自己，竟然成為束縛對方的鎖鏈，根本就像場惡夢一樣。

「我說了請你別這樣！」

動用雙手堵住安納爾德的嘴唇這麼說了之後，他就一副看好戲的樣子瞇細了雙眼。

「現在可不是做這種事情的時候，你為什麼會來到這裡？」

「我就說了，救助妻子是丈夫的職責吧？」
「你應該知道這是陷阱吧？請你儘速去援救葛茲貝爾閣下，別再浪費時間了，難道你真的想成為政變的最高幹部嗎！」
「我並沒有這個打算。」
「就算你沒有，但對方有啊，我實在不懂你怎麼有辦法表現出一副自信滿滿的樣子。」
「我才無法理解，妳怎麼會認為我有辦法讓心愛的妻子暴露在危險之中，並逕自跑去其他地方？更何況平常從來不會落淚的妳都哭了，我更不可能棄妳於不顧吧？」
已經沒有在哭了，實在很想對他說看起來像在哭的水珠其實是汗。
再說了，拜蕾塔會被帶到這裡，也都是安納爾德的部下害的。
「是你的部下把我帶來這裡的。」
「真沒想到妳會認為部下是在我的指示下，擄走我可愛的妻子呢！這是出自德雷斯蘭上將閣下的意圖，他似乎是想放任叛徒行動的樣子。本來要派去護衛妳的那個部下，眼睜睜看著我妻子被叛徒擄走也不會上前搭救，還很好意思地跑來向我報告這件事情。」

總覺得好像聽到多餘的形容詞，但一出現莫弗利的名字大概就能理解了。

大概是想拿拜蕾塔當誘餌，一口氣解決掉這場政變騷動吧？他應該是認為即使沒辦法做到這個地步，至少也能得到一大線索。

拜蕾塔立刻決定向他請求精神賠償。

「但我不知道為什麼事情會扯上這個男人就是了。先不論做法，我還是謝謝你保住妻子一命。」

安納爾德的一句話，讓拜蕾塔的目光不禁回到艾米里歐身上。

他剛才也說自己救了拜蕾塔，難道那並不是比喻，而是不爭的事實嗎？也就是說，之所以將拜蕾塔帶來這裡，果真是出自艾米里歐的指示。

「意思是他並不單純只是個敵人嗎？」

「對我來說是敵人沒錯，因為他想搶走妳。」

拜蕾塔瞪了一眼若無其事地回答之後嘴唇就靠了過來的男人，安納爾德無奈地鬆開抱住自己的手，並開始說明。

「這場政變的計畫，應該是想把我設計成最高幹部吧？為此，甚至綁架了葛茲貝爾閣下，並對我下了各種指示，而我也都照做了。因此他們就算再多挾持一個人質也沒有意義——沒有必要殺害妳，或是綁架妳，若是有這必要性，那就是出自跟政變完全沒有關係的原因。」

安納爾德淺淺嘆了一口氣之後，無奈地看向拜蕾塔。

「誰教我的妻子這麼受歡迎。」

既然是卡菈要索命，那原因肯定在於安納爾德才對。

跟自己是否受歡迎一點關係也沒有，說穿了本來就不受人歡迎好嗎！

但他的意思應該是艾米里歐特地從卡菈手中救走這樣的拜蕾塔吧？雖然他說是丈夫的計謀這點是騙人的，但也確實給了被人盯上性命的忠告，剛才也說要盡快帶自己逃離卡菈。

「呃，那應該是因為……基於學院的同學情誼？」

跟他之間頂多只有是從同一所學院畢業的同學關係，但拜蕾塔實在不知道他為什麼會保護自己到這種地步。艾米里歐感覺完全不是那種會熱血幫助同學的人，但說不定在同一個地方學習的情誼還是比較特別一點。

「呵呵呵……妳有時候真的非常遲鈍呢！但這種地方也很可愛就是了。」

實在不曉得這是在誇獎自己還是在貶低自己，但至少感覺得出來是在捉弄人。

朝安納爾德瞪了一眼之後，只見他揚起壞心眼的笑容，並看向艾米里歐。

「看來你的心意完全沒有傳達出去呢。」

「我不需要你的同情，她就算不知道也無所謂。」

「我們還滿合拍的嘛，你也真是個固執的人。」

傻眼地這麼說的語氣之中，感覺還帶有一絲憐憫的樣子。

就只有拜蕾塔自己一個人插不進話題，體會到坐立難安的感覺。

「所以說，你接下來會怎麼樣？」

「哼，那種瑣事怎麼可能動得了我？你們就好好期待議長閣下會採取怎樣的行動吧。」

「那應該是我要對你說的吧？反正這想必是你的獨斷專行。議長喜歡優秀的人，並討厭無能的部下吧，祝福你不會被他切割。」

大概是自知形勢不利而死心了，只見艾米里歐緊咬下唇。

「哎呀，安納爾德，原來是你從這邊過來的嗎？」

跟剛才截然不同，靜靜地踏入會客廳的正是卡菈，春風滿面的微笑之中帶著滿滿的嬌媚，。聲音也相當甜膩。

但她背後的景象可是相當嚇人。梵吉亞處於被綁住的狀態被男人架著，隨著卡菈身後走了進來。剛才明明說要替他弄得乾淨一點，現在卻連頭髮都凌亂不已，看起來相當糟糕，大概是趁隙掙扎了一番吧。

而且架著梵吉亞的那個男人，正是先前護衛拜蕾塔的男子。既然他現在跟卡菈一同現身，就代表是她安排的人物吧？

「我在玄關那邊做了很多準備要迎接你呢。」

「抱歉，因為聽說我最愛的妻子人在這裡，就先跑過來了。」

他這番愛妻的演技，究竟還要持續到什麼時候啊？在斯瓦崗領地時也都表現出這樣的一面，但實在不知道他的目的何在。從剛才開始，就不知道他是在針對誰做這番強調，但真希望他可以看看對象，識相一點。

還是說，這是要讓卡菈心生嫉妒，點燃她滿腔怒火的作戰呢？

說到頭來，拜蕾塔應該已經不是安納爾德的妻子了。賭注的期間結束之後，拜蕾塔已經肯定是自己贏得勝利。雖然月事還沒來，但已經有點徵兆，不過自己並沒有粗神經到會在這種狀況下質問這點就是了。

「閣下這陣子都身處嚴苛的環境之中嗎？」

「沒什麼，不比在西部跟海盜戰鬥時還糟。我國的海軍實在太脆弱了，掌舵技術有夠差，更重要的是大家都暈船到派不上用場了，偏偏還超過半年都沒辦法返回陸地。那時候真的有夠不自在的呢。」

「這樣啊。我姑且有請他們不要對您太過粗魯就是了。」

「以對待俘虜的方式來說還算舒適啦。我也上年紀了呀，被塞進麻布袋還倒在晃個不停的馬車貨架裡，實在有點受不了。」

氣氛一轉，只見兩個軍人和氣融融地聊了起來。卡菈傻眼地看著他們：

「我在別的地方有準備了餐點，乾脆到那邊好好聊聊吧？」

「不，請別費心。光是看到閣下還很有精神的樣子，我就心滿意足了。由於妻子身上還有傷，今天我就先帶她回去。」

「這樣啊，那麼至今的報告就交給你囉。」

「我已經有向國會提出報告，妳應該知道才是。現在已經透過政變壓制幾個主要場所了，最後要直接暗殺莫弗利的計畫雖以失敗告終，但他在昨天的挾持事件中因爆炸身受重傷，現在正在鬼門關前徘徊，我想他遲早會就此斷氣吧。」

安納爾德語氣平淡地說明，讓拜蕾塔感到不解。

昨天前來探望拜蕾塔時，安納爾德確實因為莫弗利的住處發生挾持事件而收到召集，也立刻就衝出房間了。雖然不曉得原來他今天沒有出席國會，但從至今的發展中，可以得知是他將安納爾德安排護衛拜蕾塔的部下調去監視，好讓自己被綁架到這邊來。

應該是這樣才對，但莫弗利竟然身受重傷，而且還在鬼門關前徘徊？

卡菈心滿意足地點了點頭。

「我有聽說是副官代為出席國會，但畢竟無法釐清那個惡魔究竟被收容在哪個地方。原來已經快不行了是吧？既然知道他遲早會斷氣，議長想必也會相當開心吧？」

「這件事就由我去向議長閣下報告。」

艾米里歐的表情扭曲這麼回答。似乎是剛才被安納爾德摔到牆壁時，撞到要害的樣子。

「好啊。如此一來，軍人派的主要高層就一個個減少了呢。多虧有安納爾德將軍人派中最大派閥的德雷斯蘭上將逼上絕境，這樣就可以說是與貴族派串通的軍人們，占據了軍方高層呢。如此一來，我可愛的兒子也不用傷腦筋了。」

卡菈雖然是萊登沃爾的女伯爵，但本來是要由她的兒子繼任伯爵家宗主，只是因為年紀尚小，現在暫由卡菈代理。不過她兒子明年也將迎來十五歲的成年禮了，聽說已經決定好會讓他成為國會議員；不久後，應該也會繼承爵位了吧？

只要削弱對立的軍人派勢力，她兒子做起事來也會更輕鬆，更何況母親還給貴族派賣了一大恩情。俗話說為母則強。沒想到她竟然只為了這樣就與貴族派共謀。

正當拜蕾塔不禁感到佩服時，面帶好勝般微笑的卡菈那雙銳利的目光就這麼看向拜蕾塔。

「那麼，安納爾德，最後你可以殺了那個女人嗎？」

「……這是什麼意思？」

「因為我無法接受啊。」

面對安納爾德時，她的聲音依然是這樣嬌媚。明是如此，拜蕾塔卻不禁覺得判若兩人。一股惡寒的感受沉重地壓在拜蕾塔身上。

「我也被人說是惡女，在社交界中處處都是難聽的傳聞。已故的丈夫不但年紀大很多，夫家也被說是冷酷無比的伯爵家。而且主要的收入來源是買賣武器，大家都在背地裡說是暴發戶，講得很難聽，在貴族派中也沒有一席之地。沒有任何人願意保護我，就連丈夫也是，受他疼愛的時光就只有那麼一點回憶而已。自從生了長男之後，好像我的職責就結束了一樣，你不覺得太荒唐了嗎？」

卡菈煩悶地嘆了一口氣，對安納爾德投以鬱鬱寡歡的目光。

「我是靠自己的力量、吃盡苦頭才總算走到這個地步。在好幾個男人之間來來去去，只要能夠拿來利用，要我多諂媚都在所不惜，所以我才得以在貴族派中占有一席之地。吶，你為什麼要刻意在我面前晒恩愛呢？」

「啊？」

安納爾德就像打從心底無法理解似的皺起眉間。

但拜蕾塔對於丈夫無法理解的反應，不禁感到有些欣喜。也就是說，他從來不認為自己的妻子是個惡女，因此跟卡菈的處境一點都不像吧？

卡菈會對拜蕾塔投以這番強烈憎恨的原因，艾米里歐是知道的。

同為在社交界被稱作惡女的兩人。

而且都是嫁給地位較高、年紀也有點差距的對象。然而一個不受疼愛，另一個則至少表面倍受寵愛，甚至還像這樣前來搭救。

不但累積了辛勞，也累積了惡名；明明兩人相同處境，但立場卻有著天壤之別。

即使如此，拜蕾塔也不打算說著「喔，這樣啊」就乖乖被她殺害。

「哪，安納爾德，我會把你最重視的老爺爺還給你，請在我面前殺了你的夫人吧。」

「我拒絕。」

「那我們就解決掉這位老爺爺囉。」

「一開始說好的是只要我配合挑起政變，就會毫髮無傷地釋放閣下吧。既然如此，為什麼還要把妻子捲進來呢？」

「剛才不就說了，因為我無法接受啊。」

面帶微笑的卡菈優雅且美豔，但迸發出對拜蕾塔的憎恨既黑暗又富有壓迫感。在這股氣勢的震懾之下，拜蕾塔不禁倒抽一口氣。

「她可是跟自己的舅舅、公公都有肉體關係的夫人呢，不僅如此，一發起脾氣還會甩安納爾德巴掌，對吧？被她瞧不起到這種程度，竟然還能如此疼愛，真是令人羨慕啊。」

厭惡的情緒讓她扭曲了表情，瞧不起人的目光就像在看個汙穢的東西似的，怎樣都看不出絲毫羨慕的感覺。即使如此，她還是面帶微笑，這大概就是卡菈的矜持吧。

「我感覺不出得讓妳接受的必要性。」

冷酷的丈夫啊，識相點吧。

不管怎麼想，現在的卡菈都需要人同情好嗎？

就算只是裝的也好，請認同她一下吧。

拜蕾塔朝站在牆邊的艾米里歐瞥了一眼，但從他一對上拜蕾塔的視線就一臉鐵青的樣子，就知道這個人是派不上用場了。

「我之前也說過，我的妻子既出色又美麗，還可愛到令人難以置信，怎麼可能不好好愛她呢？」

「等等——你為什麼在這種狀況下還天花亂墜……」

「這怎麼會是天花亂墜？而且妻子嬌媚的一面只有我知道而已，請別搞錯了。」

完全無法理解他在強調什麼，而且感覺還有點自豪是怎麼回事啊？

他到底是來做什麼的？不是來救人的嗎？

還是拐彎抹角地希望拜蕾塔喪命呢？

「竟敢這樣打情罵俏……真是令人心生羨慕呀。但安納爾德也很享受跟我幽會吧，我們體驗了很多你跟那個無聊女人無法享受到的樂趣呢。」

安納爾德跟卡菈有過一夜情的事情有聽她說過，也知道對他來說，是難以忘懷的初體驗對象。光是想像了一下，在拜蕾塔心中就湧現了難以言喻的不快感受；到了現在，已能坦率接受那正是嫉妒的情感。

軍方從以前就有過這樣的傳聞，而且也聽說當拜蕾塔待在斯瓦崗領地的期間，他們也曾幽會。面對關係這麼親密的女性，安納爾德的態度卻很差勁，讓拜蕾塔對此感到有點開心。雖然覺得這樣的念頭相當醜陋，但也覺得這大概就是愛情。

難以忍受其他人觸碰自己，也無法原諒除了自己以外的女人靠近他。

「我只記得遭受侵犯。然而，那段記憶也變得一點都不重要。因為妻子實在太過嬌媚，足以讓我忘掉其他經驗。」

「討厭，請你暫時閉嘴好嗎！」

這個男人真的是狗嘴吐不出象牙，讓拜蕾塔忍不住加強了語氣這麼拜託他。

但安納爾德只是不解地朝自己看過來，一點也看不出有聽懂的樣子。

「妳是因為我向其他人說起夫妻間的私事而生氣嗎？畢竟這是只屬於我們之間的祕密嘛。」

「完全不是，誤解也該有個限度吧。總之你別再說了！」

丈夫感覺很開心，面帶微笑地說，拜蕾塔則是果斷地否定了。但就連這樣的反應，對安納爾德來說好像都覺得很愉快，一副心情很好的樣子。他或許是下定決心要惹怒卡菈吧。

總覺得頭都開始痛了起來，這個狀況下究竟還有沒有救啊？

「可惡……妳鬧夠了沒！」

卡菈高舉起手，眼看就要朝著拜蕾塔的臉打下去。

看穿這個動作的安納爾德，力道強勁地將拜蕾塔的身體拉了過來。就像靠上去似的，她的頭就這麼靠上丈夫的胸膛，只傳來了卡菈的手揮空的風切聲。

「這樣是違反契約，請不要再危害我的妻子。」

「你就這麼珍惜自己的夫人是吧？既然如此，我就不管了。」

卡菈面無表情地這麼低喃之後，就走到入口附近的矮櫃旁拿出兩個瓶子。正確來說，一個是金屬製的圓筒，另一個則是裝著液體的瓶子。

「請等一下，卡菈小姐，那太危險了。」

艾米里歐感覺慌張地這麼勸說，但卡菈完全沒有搭理。

「既然不想被捲入，那你就閃遠一點。反正我的目標就只有她而已。」

「你知道那是什麼嗎，安納爾德？」

從勝券在握般「呵呵」地笑著的卡菈身上移開視線，拜蕾塔悄聲問向站在身邊的安納爾德之後，他也微微開口說：

「是在這次的政變中相當活躍的新型炸彈。」

「那是炸彈？」

「是一種特殊武器。跟至今的火藥相比，威力異常強大。由於是在南部戰線的作戰途中才引進的，可說是將這場戰爭引導至勝利的關鍵。我有聽說是從萊登沃爾伯爵家的武器行購買的，沒想到她竟然常備著，其中一個材料堪稱是劇毒呢……」

她之前說這裡是萊登沃爾家的別墅，想必是就算炸毀了也無所謂吧。但話說回來，明明都找了安納爾德過來卻還是準備了炸彈，未免也太崩潰了。看樣子，太深刻的愛也會衍生出憎恨之情。

不過那股憎恨，主要是針對拜蕾塔就是了。

「是說，你有先準備好讓部下進行突擊的計畫嗎？或是讓他們在外面的走廊待命之類？」

「剛才一看到妳在哭，我就忘了還在偵察階段，隻身便闖進來了，因此無從掌握他們接下來會怎麼行動。」

這樣真的沒問題嗎？那個冷酷又殘忍的灰狐到底是跑哪去了？

真的迫切希望可以出現在這個現場耶。

拜蕾塔淺淺嘆了一口氣，並換了個想法。

既然任誰都無法阻止她，也只能靠自己想辦法了。就算在此陷入絕望，也只是死路一條。

「安納爾德想必很清楚這個的威力吧？我也一直很想讓你夫人也體驗看看呢。」

聽到揚起詭譎竊笑的卡菈這麼說，令人不禁傻眼。

也就是說，這跟炸毀斯瓦崗伯爵家玄關那時是一樣的炸彈吧。她似乎完全沒有要隱瞞自己計畫殺害拜蕾塔的意圖——雖然她剛才在自己眼前要丈夫動手時，就表現出明確的殺意了。

「安納爾德，女伯爵就交給你囉。」

聽到拜蕾塔這麼說，安納爾德感覺欲言又止，但還是點了點頭。

把這個動作視為同意之後，拜蕾塔便張開雙臂。

女人靠膽量，商人則是靠虛張聲勢。更何況，靠一張嘴叫賣更是商人的鐵則。之後多的是時間可以因為恐懼而顫抖。拜蕾塔不斷告訴自己，現在就是要做到最好的時候，她直勾勾地看向卡菈。

「女伯爵也真是的，竟然因為嫉妒就氣到要丈夫殺了我，可真不是淑女該有的行徑呢。當然，我深受安納爾德的疼愛，也過得非常幸福，我想您應該也知道我不會那麼輕易就被他殺害才是。」

拜蕾塔一臉幸福地揚起微笑，更由下往上看去，眨了眨眼，讓卡菈的嘴開開闔闔地就是說不出話來。

當然，拜蕾塔的內心其實害羞到不斷發抖，卻絲毫都沒有表現出來。

「妳、妳說什……」

「他不但會像這樣來接我回家，不管我要去哪裡都會跟緊緊的，真的讓人很傷腦筋。就連我要去找舅舅，他也要跟來呀。再怎麼說，兩個人也很難應付得過來嘛。所以我就拒絕他了，沒想到平常無論我說什麼都會聽從的他，就只有那個時候完全不答應我的要求，還變得很不開心呢。獨占欲強的男士真是令人傷腦筋。」

「安納爾德，你被她騙了喔。這個女人果然是個了不得的惡女嘛，請你快點清醒過來。」

「不勞妳費心，我是清醒的。」

「呵呵，我丈夫平常是個理解力很強的狐狸先生。當然他也很會吃醋，要是惹他生氣，晚上會很辛苦就是了；不但很激烈，還不肯放開我呢……女伯爵想必也很清楚吧？」

「妳這個……臭丫頭！」

自己年紀確實是比卡菈小，但也已經二十四歲了，並沒有年幼到可以被她稱作丫頭吧。

儘管感到傻眼，拜蕾塔還是一邊挑釁著卡菈，並一步步靠近她。

氣得渾身顫抖的卡菈已經臉色蒼白，猶如鬼神般惡狠狠地瞪過來，可見她是多麼針對自己。

拜蕾塔一邊莫名感慨地想著「原來當人的怒火超過一個極限時，臉色會變得蒼白啊」，一邊向前踏出一步的同時，往右前方重重地踏去。

待在拜蕾塔身後的安納爾德，這時從背後撲向卡菈。拜蕾塔則是用高跟鞋尖銳的腳跟，狠狠踩下抓著梵吉亞那男人的腳。

趁著男人發出呻吟並鬆開手的那個瞬間，梵吉亞一個迴旋踢就踹向男人的心窩，迅速又俐落。不愧是軍人才有的華麗動作，令人深受感動。

「咕呼！」

被踹飛的男人撞破門扉，撞上走廊的牆壁後滾倒在地。看著眼前的光景，拜蕾塔感到欽佩不已。

「真是太厲害了，閣下。」

「不比小姐精彩的挑釁高招啦。」

「順便給我一點稱讚也不為過吧？」

轉頭一看，只見安納爾德用雙手抱著那兩個瓶子站在眼前，卡菈則是倒在地上昏了過去，一動也不動。

「我沒看到你的表現，很難給出稱讚。」

「這樣啊。」

看起來也沒有特別覺得惋惜的安納爾德，就這麼拿著瓶子朝著走廊開口說：

「鎮壓完成，請把他們帶走。」

幾名軍人大概是聽到打鬥的聲響就跑過來了吧？只見好幾個身穿軍服的男人逕自走了進來，壓制住卡菈跟艾米里歐就把他們帶走了。艾米里歐放棄掙扎，乖乖地跟著離去。

「你剛才不是說無從掌握部下的行動嗎？」

「確實無從掌握，但大致上可以預測得出部下會採取什麼行動。」

那事先說清楚不就得了？

要是如此，自己也不用採取那樣奮不顧身的行動了吧？

不用覺得丟臉到不行，也沒必要展現出惡女的演技，就能解除危機了吧？

當拜蕾塔頓時說不出話來、陷入沉默時，安納爾德便朝著梵吉亞做出敬禮動作。

「閣下，這麼晚才前來救援，真的非常抱歉。」

「別放在心上，反正一定是那個小鬼想的詭計吧？何況也是因為我的關係，給你們添了麻煩呢。」

他說的小鬼，該不會是指莫弗利吧？

聽梵吉亞這麼說，安納爾德收回敬禮的動作並搖了搖頭。

「都是我處理不當所致。」

「哈哈，要是錯估自己的能力，可是會後悔莫及喔！更何況這位小姐這麼出色，你可要好好珍惜人家。好久沒這麼累了，我這就先回家去吧。」

「是，我會讓部下送您回去。」

在安納爾德的眼神示意下，一個軍人敬禮後就跟著梵吉亞離開。

當整個會客廳都沒有其他人了之後，拜蕾塔看向安納爾德。

「他們會受到很重的處分嗎？」

「端看議長的裁量吧。輔佐官畢竟是侯爵家長男，他們家想必會盡力解決這件事。至於女伯爵，再怎麼說也無法讓她無罪釋放；何況我們打算在明天的國會上，從她口中得出充分的證詞。妳很擔心輔佐官嗎？」

「畢竟先不論他採取的方式，姑且算是救了我一命……」

「原來如此，我的妻子真的是個三心二意的人。這樣是不是就決定要懲罰了呢？」

見他無奈地嘆了一口氣，拜蕾塔便在他懷裡瞪了丈夫一眼。

「賭注期間已經結束了吧，你哪來這樣的權限呢？」

誰是三心二意的妻子啊，難道是在說自己嗎？

推開安納爾德的身體，拜蕾塔迅速逃離他的懷抱。

就這麼抬頭挺胸、抬起下巴，但似乎沒有起什麼效用。

不如說，反而像在他的怒火上添油。

「關於那件事，我有說過要再好好談談吧。更重要的是，必須讓妳明白呢。跟我這段婚姻，有哪裡讓妳心懷不滿的嗎？」

聽到安納爾德問起對於婚姻生活有哪裡不滿，拜蕾塔也思索了起來。

那當然是心懷不滿。

不如說，怎麼會認為自己不會感到不滿呢？

但比起這個，拜蕾塔認為想離婚的，應該是他才對吧？

若非如此，在初夜那天為什麼還要提出那種荒唐的賭注呢？

「想離婚的人是你吧？」

「我？我才沒有那個打算。」

「也是啦。說到頭來，對你來講應該都沒差，要不然也不會提出那種根本沒打算獲勝的賭注，對吧？」

對安納爾德來說妻子是免費的娼婦，也是用來擋掉其他會主動靠過來的女人。

既然如此，這樣的對象就算不是拜蕾塔也沒差。

只要是能滿足這些條件的女性，就算負面傳聞再多、就算是惡女，他應該也完全不會在意吧？

雖然拜蕾塔壓根也不想察覺，原來自己對於這段婚姻感到最不滿的地方是這一點。

「我有打算要獲勝啊。」

「呃，啊？沒有比拿懷孕當作賭注還更瞧不起人的事情了吧？既然會這樣講，就代表你一點也不在乎不是嗎？」

「想跟喜歡的女性生下自己的孩子，是一件瞧不起人的事情嗎？」

「說什麼喜歡的女性，對你來說妻子只是免費的娼婦不是嗎？」

「妻子對我來說是深愛之人，當然還是會有欲望，畢竟妳是一位這麼有魅力的女性，這是一件那麼糟糕的事情嗎——而且，妳是在哪裡被人說是免費的娼婦了？」

安納爾德的目光變得銳利，這讓拜蕾塔的心臟怦咚地漏了一拍。

糟了，脖子有點發麻的感覺。

為什麼要因為這種事情生氣呢？

至今還是無法理解哪些事情會惹他生氣。

晚宴那天不經意聽到的時候，說出「免費娼婦」這種話的確實不是安納爾德，而是疑似他朋友的那個男人。但他並沒以否認吧。

所以自己才會一直認定是他也是這麼認為。

「拜蕾塔？」

「啊，不是的。沒有人這樣對我說。」

「真的嗎？」

「真的！」

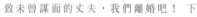

儘管還是表現出存疑的態度，但他好像還是勉強接受了，拜蕾塔摀著胸口鬆了一口氣。

「所以說，跟我共度的這段婚姻生活中，有哪裡感到不滿的嗎？」

「咦？呃，那個……大概是夜晚的次數太多了吧？」

「真的很抱歉。誰教妻子太令人動情了，但只要習慣了就能冷靜下來，所以請妳再忍耐一下。」

「啊？呃，那像是你都不懂得看場合？」

「那也是妳的問題。」

「那是我的問題嗎？」

他太過乾脆就斷言問題出在自己身上，讓拜蕾塔愣在原地。

安納爾德似乎沒有要改進的意思。

但是，這樣不就無法離婚了嗎？

自己明明就不想再繼續扯他後腿，也不想再給他添麻煩了。

往後如果又發生類似的事情，他一定也會跟這次一樣前來搭救吧？

又沒必要。

何況，自己絕對不要一味地只受人保護。
更重要的是，拜蕾塔覺得太煎熬了。
因為已經察覺自己喜歡他的心意。
然而正當要做出反駁時，外頭再次傳來腳步聲，接著立刻就有人出聲喊道：
「隊長，請問要撤退了嗎？」
「也是呢，那就回去吧。」
「牙蓋巴賽！」
在一群敬禮的軍人中心，那個男人回過頭來勾起一抹微笑。
「剛才的話題晚點再談吧。我送妳回家。」

送拜蕾塔回到斯瓦崗宅邸之後，安納爾德便立刻回到軍方去了。
還要善後的他，想必很忙吧？
既然如此，拜蕾塔就暫且拋開跟丈夫之間的事情。
回到家裡之後，先安撫擔心得嚎啕大哭的米蕾娜，接著洗過澡、坐到床上時，一整天下來的疲憊感頓時湧上。

就算明天偷懶不去工作，應該也不會遭人斥責吧？

不，祕書感覺就會發飆。他對這份工作有著滿滿的自豪，而且最討厭的就是因為工作停滯而造成損失。

明天還是去工作好了，但總覺得思緒一時還轉不過來。

今天一整天發生太多事情了，情感上這麼大幅的動搖，真的很累人。

像是被艾米里歐親吻而感到相當厭惡、沒想到他其實滿重視同窗情誼，以及自己因為安納爾德前來搭救而感到開心。

還有，察覺自己愛慕安納爾德的心意。

正因為如此才想離婚，一點都不想成為只為了配合他的妻子。

即使他不認為自己是免費娼婦，依舊不是安納爾德期望的妻子，不過是個被他長官逼著結婚的對象，在這場婚姻當中並沒有他提出個人意願的空間。既然現在階級提升了，也算是達成當初的目的才對。

而且賭注的期限也結束了。

他沒必要再說愛著自己或是最愛的妻子之類，這些不是出自真心的話。

拜蕾塔沒有任何理由要繼續待在這裡了。

好，快逃吧。拜蕾塔就這麼下定決心。

時隔八年的初夜那時，就是因為悠哉地想著明天早上再說，才會被丈夫逮個正著。

否則自己不用像這樣萌生戀慕之情，也不會留下任何跟素未謀面又爛透了的丈夫之間的回憶，更不會跟他發生肉體關係，可以瀟灑地活下去。

也不會抱持著這種深陷泥沼般，複雜的心境。

拜蕾塔希望自己對某個人來說是必要的存在，希望有人能對自己說可以留下來。

更重要的是，想要有個不會用有色眼鏡看待，而是注視著自己這個人的對象。

曾幾何時也有想過，那要是自己墜入情網的人就好了。

然而現實卻是只有拜蕾塔單方面喜歡他，他卻並非如此。

他的確前來搭救了，但那不過是為了顧及情面，並不是出自他的真心。

也只有在其他人面前才會談情說愛。只要欲望得到滿足，也只有那時會執著於自己。

反正就是個怎樣都無所謂的妻子，即使只為了挽留而說出愛意，也無法打動人心。

他想必只是覺得要再找下一個對象很麻煩而已。

如果不是自己也沒關係，如果只有自己單方面抱持愛慕之情，那還在待在他身邊實在太過煎熬了，從來都不知道單戀一個人竟然是這麼痛苦的事情。

他要是得知自己擅自離開，想必會追上來吧？但要是拜蕾塔打從心底說討厭他，肯定會覺得這樣的女人太麻煩，毅然決然地放手。

他終究是個怕麻煩又無情的丈夫。

拜蕾塔鼓起幹勁。

就這麼拿出字據，推到過了深夜才回到寢室的丈夫面前。

定睛看著突然被塞到眼前的字據，安納爾德不解地歪過頭。

「所以說，妳想要現在立刻離婚，是嗎……？」

「沒錯，我的行囊都已經整理好了，因此立刻就會離開。雖然短暫，還是感謝你這段時間的照顧。另外，離婚時需要簽署一些資料，我們到時候再見吧。那麼，請多保重。」

正當拜蕾塔抱著行囊，走過安納爾德身邊的瞬間，手就被他緊緊地抓住。

「好不容易把妳救了回來，這次卻是要自己離開嗎……我的妻子還真是傲慢呢。」

「……請你放手。」

「恕我無法答應。所以說，先前問妳對於婚姻不滿的地方，還有其他的嗎？」

「有很多地方都令我感到不滿，但那些都不什麼重大的理由。不過讓我想要離婚的最大主因，我並不想說。」

因為丈夫不愛自己所以想要離婚這種話，在這個時代來說也太任性了。但這就是自己真正的想法，所以也無能為力。

到頭來，拜蕾塔只知道自己所追求的理想夫妻，是令人難以理解的關係。

「原來如此，我總算明白閣下他們為什麼都要我好好說出自己所想的事情了。我完全不知道自己的妻子心裡都想些什麼呢。」

「不知道也沒關係。好了，請你放手。」

「妳在生什麼氣？」

「我沒有生氣。」

「這是騙人的吧？當妳生氣的時候，都會露出微笑。」

竟然問我是不是在生氣？

或許是帶著一點怒意沒錯。但最主要的原因還是感到悲傷的關係。

對於如此愚蠢的自己感到悲傷。

一點都不想成為像母親那樣的人。

也覺得父親口中女人的幸福太過愚蠢了。

很想成為舅舅期望的商人。

更無法捨棄自己的夢想。

至今對此都是深信不疑。

沒想到竟愛上一個麻煩的對象。

只能哀嘆著得不到回報，並悲傷不已。

因為不想再繼續受傷了，所以打算趕快逃離。

對於這樣軟弱的自己，只是一味地感到氣憤又悲傷。

自己應該是個更加強悍的人吧？

感覺就像被自己背叛了一樣，這讓自己覺得很悲傷。

「拜蕾塔？」

他平靜地這麼喚出自己的名字，心頭忽然就暖了起來。這樣愚蠢的反應，讓拜蕾塔不禁在內心嗤笑自己。

個性冷靜，對於情感遲鈍，又很精明。頭腦很好，也具備身為軍人的驕傲。筆直朝著自己的道路向前邁進的他，肯定是絲毫都不需要拜蕾塔的這份情意。

這讓人悲傷到不能自已，卻又對此感到相當懊悔，根本沒辦法傳達給對方。

「我最討厭你了。」

讓自己變得軟弱的人。

讓自己變成一個普通女人的人。

讓自己變得愚蠢到輕易就能顛覆至今信念的人。

墜入情網的這個對象，讓人又愛又恨到無法自拔。

對他揚起一抹微笑之後，安納爾德驚訝地睜大雙眼。

「那真是——……我的榮幸。」

「什麼？我在說最討厭你耶。」

「所以我也說了，那是我的榮幸。」

還以為自己聽錯了，並再次重申一次，然而表情一本正經的丈夫卻點了點頭。

說感到榮幸是什麼意思？

是不是跟自己對這個詞的理解截然不同呢？

不行。果然完全搞不懂丈夫究竟在想什麼。

說真的，怎麼會喜歡上這種麻煩的對象啊？自己這個戀愛初學者完全跟不上。

「我最討厭你，所以才會想離開你，我想跟你離婚。」

「這樣啊。聽妳接連說這麼多次，真令人害臊呢。」

「啊？」

沒救了，終究還是來到完全無法溝通的程度。

當面遭人直言討厭，究竟哪裡有會感到害臊的要素啊？

「那麼，今天已經很晚了，我們還是早點睡吧。」

「那你明天就會答應跟我離婚嗎？」

「我怎麼可能答應。」

「為什麼？」

不解地朝他看了過去之後，安納爾德忽然問道：

「關於這個字據，妳認為上頭寫的『一個月的夫妻生活』，是到什麼時候呢？」

突然轉換了話題，讓人一頭混亂。

「啊？不就是從你回來的時候開始嗎？賭注是從那時候起算的吧？既然如此，至今已經超過一個月了喔。」

「上頭寫的是『一個月的夫妻生活』，但該怎麼定義夫妻生活才好呢？」

「咦？你說……夫妻生活的定義？」

「在我的認知當中，是跟妳上床的時間。」

「什、什麼？怎麼會是——……！」

就算一路從傍晚做到黎明，也完全不足以累積到一個月。

無論安納爾德至今要了多少次，都絕對沒有經過那麼久的時間。

從安納爾德手中搶過字據，並再次仔細端詳。

然而就算從頭到尾每個字都看過一遍，也都不見像是日期的東西。當然也沒有寫下關於夫妻生活的定義。

被擺了一道。

早知道從他手上接過這份字據時，就該更仔細地確認才對！這件事實在太過荒唐，因此不小心就疏忽了。默默地就拿字據過來，而且很簡潔地就把事情講完的也是他；換句話說，就是被他設計了。

「就算以這份賭注來說，妳還是我的妻子吧？至少對我來講就是這樣。字據可是單方面的東西喔。所以說，這東西依然具備效力。」

「簡直是詐欺的手段嘛。」

「商人們常說，是受騙的人不對。」

「是啊。舅舅也常教導我，簽署契約時務必謹慎小心。但我就是討厭你像這樣，強行將妻子的身分立場加諸在我身上，我絕對不要當個只為了配合你的妻子。」

「原來如此。惹妳生氣的地方就是這份賭注啊。正確來說，是配合我的妻子這一點吧……那就別再用『賭注』這個詞了。畢竟我只是希望妳能做我的妻子，其他事情怎樣都無所謂。」

「既然沒有賭注的束縛，那我就要離開了，我才不要被你單方面利用呢。」

「嗯？哦，這樣啊。我的妻子是個膽小鬼呢。」

對話又接不上了。對他來說應該是有連貫的話題，但自己完全無法理解。

不僅如此，說人膽小是怎樣？一天到晚都被說是野丫頭、有膽識之類的，但至今還真是從來沒被人說過膽小。說穿了，提出那樣像要踢館般結婚條件的人，可是安納爾德好嗎？

明明是如此，就算他覺得這麼說很合理，自己還是絲毫沒有頭緒。

「我知道妳平常總是挺直背脊地在對抗某些東西。知道妳好勝心強，無論面對傳聞還是下流的視線，都能站得直挺挺的沒有一絲動搖。知道妳有強烈的正義感，甚至只要看到柔弱的婦孺就會挺身保護。知道妳有足夠的膽識跟機智，可以擬定出穩妥的戰略，應付那些死腦筋的狡猾之人。知道妳勇敢到去挑釁手持炸彈的敵人，就連突破重圍的軍人都看傻了眼。我的妻子不但強悍勇猛，還很聰明，這令我感到自豪而且驕傲。但我也知道，與此同時，妳都暗自感到害怕不已，因為妳是既謹慎又膽小——」

笑彎了那雙祖母綠眼，安納爾德露出極為燦爛的笑容。

「我最可愛的妻子。」

「什……什……！啊——！」

完全無法自制頓時泛紅的臉。

再也清楚不過地知道自己的嘴開開闔闔的，想必是一副愚蠢至極的表情，卻還是說不出話來。

這還是第一次知道，原來羞恥的感受會讓身體發熱到這種程度。

為什麼要突然把人捧上天啊！

這次又在策畫些什麼嗎？別被那種甜言蜜語給騙了，這可是商人的鐵則。

拜蕾塔拚命壓抑住自己的表情。

「我知道妳不習慣被人稱讚。而且比起說妳美麗，稱讚妳可愛才更讓妳感到害羞，對吧？」

絕對是故意的，這個性格差勁的人絕對是故意這麼說。

從蒐集而來的情報中，可以得知安納爾德是個冷靜又善於分析的人，畢竟戰場上的灰狐可不是喊假的。

即使如此，沒必要對妻子用上這種能力吧？根本是大材小用。

實在很想跟他說「請正當地用在工作上」。不，正因為有派上用場，這場政變才會像這樣算是和平地結束了。

總之，希望他能把這樣的能力發揮在其他地方，真的！

「比起高貴的禮物，妳更喜歡能確實感受到心意的東西吧？平常用的寶石都不會太高調。不太喜歡吃甜食，喜歡後勁清爽又順口的酒。比起氣味濃郁的花，更喜歡散發淡雅香氣的品種。穿在身上的洋裝通常都是想賣的商品，自己本身並沒有特別偏好哪種款式的樣子。面對他人的好意會坦率地接受，面對惡意時不是無視就是不予理會……」

「好了，已經夠了。你就這麼想讓這場賭注延續下去嗎！」

「是啊，畢竟我打從一開始就做錯了呢。拜蕾塔，第一次跟妳見面的那晚，我可是氣到無以復加，甚至自以為遭到妳的背叛。」

「啊？」

突然間到底是在告解什麼啊？

已經完全無法理解丈夫的思路了，雖然打從一開始就沒有搞懂他。

「我對妻子本來就不抱持任何期待，既非必要，也沒有想干涉其中。說穿了，終究只是戶籍上的關係，婚姻也不過是一份文件而已。沒想到這樣的對象，竟然會在戰爭一結束，就寄了一封信來挑釁。」

「那並不是在挑釁！」

信件上的事情分明字句屬實，竟然會被曲解成那樣的誤會。這麼說來，總覺得要寄出那封離婚書狀時，公公好像也有說過真是嘲諷的內容、冷笑一聲的樣子。

「我因此對妳產生了一點興趣，然而一回到帝都進行調查，卻發現我成了不得了的丑角。以為是中了長官的計謀，娶了一個天大的惡女，不僅如此還被父親塞了他的情婦過來。我以為自己被騙了，所以才會對妳提出那樣的賭注。妳說得對，當時的我確實一點也不在乎勝負。只要在那個當下、在那晚有貶低妳就夠了。然而，到了隔天早上才發現自己誤會大了，不但拚命自省，後來也被父親痛罵了一頓。看來我是在那天早上做錯了決定。」

話說至此，安納爾德緩緩搖了搖頭。然後立刻就注視著拜蕾塔。

隱藏在似乎足以看透人心的目光中，那道情感是懊悔嗎？

「我應該要立刻為自己錯誤的行徑，以及對妳的態度道歉，懇求妳的原諒才對。如果我當時有收回那種賭注，並跟妳立下誓約就好了。」

「誓約？」

「我不會束縛妳，無論想去工作或是做什麼，都是妳的自由，想到國外的任何地方都可以。連孩子也是，有沒有都沒關係，只要妳願意當我的妻子就夠了。拜蕾塔，早知道我那個時候，就該跟妳立下這樣的誓約，對吧？」

「你、你為什麼要做到這種地步呢？」

說什麼只要願意當他的妻子就夠了，甚至說這並非賭注，而是誓約。

他平等又真摯地，向拜蕾塔提出了這樣的約定，這份心意讓人開心不已。

但天底下怎麼可能有這麼好的事情？

那正是拜蕾塔以前在內心描繪的理想夫妻生活——自在地做自己喜歡的事，不受到丈夫干涉的生活。

雖然現在因為想受到他的喜愛，而說不出這樣的理想就是了。

即使如此，這對安納爾德來說一點好處也沒有。

「你要是這樣講，以後我甚至不會跟你去參加晚宴喔？」

「沒關係。」

「要是跑去鄰國採購，可能要半年後才能回來。」

「必須上戰場時，我也會離開很長一段時間。彼此彼此吧？」

「如、如果沒生小孩，父親大人會很傷腦筋喔，這樣就沒有人繼位了。」

「看是要找親戚，或者米蕾娜的孩子繼承都沒關係。只要父親有那個意思，一定能找到合適的人選；何況他現在也沒有想要讓出爵位的樣子。」

這倒是，公公感覺完全沒有想讓安納爾德繼位，自己也沒有想要退位的樣子。

而且還因為要是突然病倒會很傷腦筋，現在不但有在控制酒量，更不斷揮劍鍛鍊身體。

不對，現在的重點不是這個。

「我膽小的妻子總是會找到巧妙的逃脫後路，但這次應該全都封住了才是？」

不知為何，總覺得像是被蛇盯上的青蛙一樣，背脊竄起一股冷顫。

直到剛才還一本正經地在反省的態度，轉眼間就沉寂下來了。難道對於那個糟糕初夜的道歉，就只有那麼一句話而已嗎？

等等，那算是有道歉嗎？

一句話就被帶過去了，實在搞不太懂。不過已經沒有賭注這回事了嗎？但如此一來，也就沒有離婚的選項了。

那讓人非常傷腦筋。

因為內心有個少女在拚命地吶喊著「不要成為花瓶般的妻子」，年幼的拜蕾塔這麼吶喊著。但他說，不用做那些花瓶般的妻子該做的事情，也沒關係。

這是什麼意思？完全無法理解。

不，更重要的是，這個話題的結論會是什麼？不知為何，隱隱約約覺得好像問了之後，自己會後悔不已。

直到丈夫回來之前，本來還沉浸在悲傷的單戀之中，那樣的心境是跑去哪裡了？

過度急轉直下的發展，令人頭暈目眩，內心只有滿滿不祥的預感。

他都說把自己逃脫的後路給堵住了，安納爾德沒有打算讓自己離開他妻子的這個立場。

對他來說到底有什麼好處？有利可圖的事肯定有隱情。這也是商人的鐵則。

就跟平常一樣，趕快想！現在不趕緊動腦思考，是要等到什麼時候？然而敵人很果斷地做出追擊，完全不給人慢慢整理思緒的時間。

「好了，拜蕾塔。妳還有其他問題嗎？」

「當、當然！」

可不能讓這番問答停在這裡！總覺得在話題結束的時候，他會揚起滿臉微笑，就是平常讓自己的脖子發麻的那種表情。

「因為，竟然說只要當你的妻子就好……這對你來說，究竟有什麼好處可言？」

忍不住問出口的話，讓拜蕾塔整張臉都皺了起來。

這一定是不能問的問題，可以的話真想摀住耳朵。

然而，他卻相當果斷地給出回答。

「因為我打從心底愛著妳啊，拜蕾塔。」

他在對自己說什麼？

拜蕾塔不禁以為，說不定是現實配合了自己的願望。

要不是如此，他會這麼明確地說出口嗎？

然而，無視腦中一片混亂的自己，安納爾德繼續說了下去。

「請給我站在妳身邊的權利，請給我可以最常喚出妳的名字，可以最常緊緊抱住妳的立場。請給我當妳受傷時立刻會有人聯絡我，當妳感到困擾時，我也能立刻衝到妳身邊的，身為妳丈夫的立場。」

「這、這種東西就是……你的好處？這就是你的期望嗎？」

「這次的事件讓我痛定思痛，雖然我是愛著妳的其中一個男人，但跟其他男人不同的地方，在於我有著身為妳丈夫的權利。我深切體會到這項權利有多麼重要，不但能帶妳回家，回到家之後妳也會像這樣來迎接我。」

安納爾德一邊說著，就將拜蕾塔擁入懷中。他輕輕的擁抱就像用棉花包覆著一樣，柔柔地溫暖了自己的心。

「不過傲慢又無情的妻子，倒是滿心只想離開就是了。」

他大嘆一口氣的呼息灑在脖子上，總覺得有些搔癢。

從那聲音，就能聽得出來他確實很擔心。

微微發顫的聲音現在充斥著心安，也挑逗著自己的心。

「我對於情感相當遲鈍，遲遲沒能察覺自己對妳的心意，而且還對妳有所誤會，擺出了不該是面對妻子時的態度，這讓我深刻地反省了一番。即使如此，妳還是對我傾訴了情感。妳對我說的『最討厭』——簡直就像愛的告白一樣。」

「怎麼……會啊……」

「妳這個人不會朝著討厭的對象，當面說出『討厭』二字，而是會笑著帶過去，生氣的時候也是一樣。說到頭來，妳都是針對事情本身感到氣憤，本來就不會將情緒發洩在對方身上。所以見妳對我投以那麼熱切的情緒，我真的覺得很開心。妳說因為最討厭我，所以想要離婚，聽妳說出原因出在我身上時，真的讓我感到很高興。這是我的榮幸。」

既不是有著奇怪的癖好，他也不是個變態。

他只是突然確實感受到自己這份喜歡的心意。

無論是負面情感還是正面情感都沒關係，只要是對他傾注的情感，什麼都好。因為這就代表得到對方的認同了，對方真的把自己看進眼中了。

「請告訴我妳想離婚的最主要原因是什麼？」

他探頭過來這麼說，讓拜蕾塔不禁想朝著那張竊笑的臉打過去。

真的很討厭聰明的男人。最討厭了。

像是舅舅，還有丈夫。

他們能輕易地看穿一句話所內含的意義，而且想必還能領悟出連自己都沒有察覺到的事情，進而不讓人否定那是誤會，是錯的事情。

「我絕對不告訴你。因為，我最討厭你了！」

安納爾德笑出聲來，就此吻上拜蕾塔。

到最後，拜蕾塔還是沒有離婚，也沒有離開斯瓦崗伯爵家，因為最想要離婚的理由已經不復存在。

順帶一提，那場賭注也變成無效，並替換成誓約的樣子。

拜蕾塔將在漫長的歲月中實際感受到這份約定，那正是直到兩人死別為止——

第二天的國會，從動盪變成一陣騷動。

儘管自己覺得這兩者並沒有太大的差異，但安納爾德認為大概是因為負責勸阻長官的自己並沒有起到作用的關係。

長官就是莫弗利，而且這次還惹怒了自己。

反正對這個男人來說，這次的政變騷動也只是一種消遣而已。

他對眼前這個老人多少懷有憤恨之情，但安納爾德也無法確認這究竟是出自莫弗利的演技，還是他的玩心。

坐在對面議長席上的老人身形相當瘦小，就算挺直了那短小的背脊依然瘦小。長長的白鬍鬚好像都快碰到胸口一樣，滿布皺紋的臉只能用柔和來形容。

而表現出高尚品格並長年主宰國會的首領，卻是個老奸巨猾之人。

凱力傑恩．基列爾侯爵。既是長久以來支持舊帝國的帝國貴族第一人，也是國會現任議長。

他沒有顯露出任何焦急的表情，但在他身旁的那些跟班們紛紛喧嚷著。

就連面對這樣的部下都一點也不生氣，然而完全無法從他的神情之中看出端倪，確實是個怪物。

這邊是個惡魔，那邊則是怪物。

怎麼想都不像是世間之人彼此對戰的場景，讓安納爾德不禁輕輕搖了搖頭。

「聽說你身受重傷、意識不清，但現在看起來還滿有精神的，真是太好了。」

基列爾侯爵用莊重的語氣這麼說，莫弗利則輕浮地回應：

「托了議長的福，我才能像這樣從鬼門關前救回一命。那裡是個很美妙的地方，我都想讓你去見識看看了，有了走過這一趟的經驗，真的滿不錯的呢。」

「你這混帳，膽敢在議長面前擺出這種態度！」

「真是抱歉啊，軍人就是怎麼樣都學不會禮儀啊。」

「畢竟只有年輕人跟混混才會從軍嘛。」

「不過，我這個年輕人還是能分辨老奸巨猾跟老害蟲的差異啦。」

陷害安納爾德、擬定出一口氣襲擊政變主要據點這種作戰的嫌犯們，昨天已接連被關進大牢裡了。只能說他的手腕太精彩了，讓人再次佩服這個惡魔般的長官果然不好應付。幾乎徹夜都沒有休息，卻還這麼有精神。

「好啦，第二天的會議也該開始了吧？」

在莫弗利的催促下，昨晚逮捕的那些人環繞著議會席整齊地排開；不僅如此，還讓他們自己唸出關於政變內容的詳情。議長連眉毛都一動也不動地靜靜看著，但他心中想必不是這麼安穩的吧？

安納爾德畢竟也是一介軍人，可以的話實在很不想跟這種事情扯上關係，然而國會竟把自己設計為政變主謀，這麼大膽的計畫也讓人不禁嘖嘖稱奇。

與其說是大膽，應該算是無謀吧？

他們想必認為安納爾德是個一如外表，像個人偶一樣的男人吧？實在很想反問他們，那樣的男人，怎麼有辦法長年在惡魔底下工作？

從結果看來，這場政變中最高幹部的罪名就安在路米耶上校的頭上。雖然說穿了，其實根本就沒有誰在擔任最高幹部，但這是基於他串通國會、湮滅軍方蒐集的證據，甚至進行竄改的結果。

雖然他再三否認自己是最高幹部，但一對他提出只要承認就會協助減刑的交涉之後，很乾脆就答應了。畢竟本來就是伯爵家的次子，也是舊帝國貴族派的人，要是多加盤查，其他罪行就會接連揭發吧。本人是個小人物，感覺大概就像靠血緣決定一切。

由這麼隨便定案下來的最高幹部政變未免太粗糙了，甚至無聊到讓人很想抱怨「過去這幾個星期到底是在忙些什麼」。

既然安納爾德都這麼想了，那個惡魔又會感到多麼厭煩。

令人不禁覺得，這果然不過是在下一場戰爭前的消遣而已。竟然被捲入這種事情當中，實在太惱人了。

「都提出了這麼齊全的證據，你還不想離開這場遊戲嗎？」

「這口氣對議長也太失禮了，管好你的嘴！」

「很抱歉啊，一天到晚打仗，就會忘記禮儀這種事情。」

「呵呵呵，這麼有氣勢啊，很好很好。」

很適合擺出一副慈祥和藹態度的老人開心地笑著。

「我知道你們想表達的事情了，但就算你說提出了多麼齊全的證據，卻全是我不記得有發生過的事情啊。反正政變也落幕了，你們自行處理不就得了？」

「議長！」

這麼大喊的是議長輔佐官，艾米里歐。莫弗利樂得看著他連門生都能果斷切割這樣無情的一面，那個人果真是一肚子壞水吧。

而以艾米里歐來說，身為老侯爵家的長男的他提出了請願書。軍方要求他供出幾項情報當條件，因此就算被議長切割，應該也能船到橋頭自然直就是了。

順帶一提，由於卡菈保持緘默，因此沒有參加這次的議會；相對的，有把她兒子傳喚過來，但這對基列爾侯爵來說應該是不痛不癢吧？只是為了讓卡菈折服才這樣找碴罷了。

「那麼，議會可以進到下一個議題了嗎？畢竟要討論的事情可是堆積如山啊。」

「都準備得這麼齊全了，還是要逃啊？真是個令人傷腦筋的老爺爺。」

莫弗利淺淺嘆了一口氣，相較之下，基列爾侯爵還是一副從容不迫的模樣。

這下子應該要花很多時間了。安納爾德的腦中浮現心愛妻子的身影，視線不禁朝著天花板看去。

「姊姊大人就是人太好了。」

「是嗎？」

「是啊！妳就算氣到離家，也沒人有資格責怪。」

看著米蕾娜怒氣沖沖地使勁將杯子放在白色圓桌上還發出一道清脆的聲響，拜蕾塔就不禁苦笑。朝著坐在身邊的小姑看去，就能看見隔著她坐在另一側的安納爾德。笑得一副心蕩神怡的他，絕對沒有聽進任何一句小姑所說的話。

遭到批判的人是你耶。

基於解決了這場政變的功績，安納爾德得到了一個星期的假期。明明不久前才剛放了一個月的假，未免也休太多了吧？更糟糕的是，因為他正值休假期間，成天都緊緊跟著拜蕾塔，甚至還會跟著到職場去，所以今天自己也決定休假了。只要到了職場，他本人是不會做些多餘的事情，然而以祕書為首的員工們都會跑來戲弄，終究還是處理不了什麼工作。

結果就連像這樣與米蕾娜一同享受的午茶時光，安納爾德也跟來了。小姑似乎對此感到很不滿。不但狠狠指責兄長一番，還逼他答應跟拜蕾塔離婚。然而當她發現得不到想像中的效果後，矛頭就朝著自己指過來了。

敗給小姑的氣魄，拜蕾塔不禁點了點頭。

「也是呢……我會再考慮看看。」

「拜蕾塔不會離開我身邊。」

「兄長大人，你這是哪來的自信？」

「我可是有得到妻子的承諾。」

「姊姊大人，妳究竟是說了什麼，才會讓兄長大人這麼得意忘形啊！」

只說了最討厭他而已。

明明是這樣講的，他卻充滿了自信，讓拜蕾塔打從心底感到羞愧不已。一想到可能是被他看透了內心的想法，就什麼話都說不出口了。

今天三個人一起來到了在帝都很受歡迎的露天咖啡廳，會選擇來這裡玩是出自米蕾娜的期望，也當作是至今讓她擔心的一點賠罪。然而卻讓小姑的心情變得更不好，對她實在感到很抱歉。

涼爽的風透過敞開的窗戶吹拂過來，坐在二樓的露天席，可以清楚看到來往於帝都主要道路上的人潮，大家的表情看起來都開朗許多。

大概是因為政變的騷動都平定下來了吧，總算是能感受到帝都重新展現活力了。今天的早報上，也大大刊登了鎮壓政變的經過。

上頭寫著是莫弗利他們解決的，因此也能得知安納爾德想必是忙翻天了。在處理善後的那段期間，他回家的時間總是很不規律，有時忙到深夜才回來，有時則是傍晚先回來一趟，然後又出門去了，總之相當匆忙。

既然現在整個情勢都穩定下來，便決定今天實踐之前跟米蕾娜說好要一起出門逛逛的約定。很受年輕人歡迎的這間咖啡廳裝潢既時髦又可愛，待在店裡讓人覺得十分舒適。雖然只提供一些輕食，不過料理都很美味，真的是好好享受了一番。

現在則是在享用餐後的茶品。

小姑開心地吃著美味的料理，也因為可以跟拜蕾塔一起上街而感到很高興，更坦率對著礙事的兄長發脾氣。表情多變地動來動去，真的是可愛到不行。世上大多數的男性，肯定都會選擇像小姑這樣的女性。

總比個性彆扭又愛與人唱反調的自己好多了。

這樣的想法再怎麼說也太少女了。

不過還是感覺得出來，即使如此，丈夫依然選擇了拜蕾塔。

雖然實際上豈止是「感覺得出來」而已，還是會因為害臊而不敢斷言。

「姊姊大人，妳覺得很熱嗎？臉滿紅的耶。」

「呃，嗯。是啊，今天感覺比平常還熱呢。」

「都已經快要秋天了吧？」

「應該是飲料太燙了。」

「蕾塔姊姊還真奇怪。但比起這個，如果妳要離家，我會盡全力幫妳的，所以隨時都可以跟我說喔！」

看著小姑幹勁十足的樣子，拜蕾塔不禁不解地歪過了頭。她應該滿害怕自己的兄長才對，怎麼不知不覺間變得這麼強勢了呢？

「米蕾娜，妳不是不太敢面對安納爾德嗎？」

「看到一個面無表情又沉默寡言的大人，小孩子當然會覺得害怕吧？但我現在已經知道兄長大人只是個嫌麻煩又不愛講話、對情感相當遲鈍，而且完全不懂少女心的人。既然是為了保護最重要的姊姊大人，我會好好努力。」

雖然不知道她是怎麼察覺的，但確實如此。

難怪安納爾德才會在背地裡想方設法地安排小姑的婚約啊。公公婆婆他們是覺得交給本人決定，像現在流行的戀愛結婚也沒關係。不過事到如今，卻出現了由安納爾德主導的婚約事宜。

應該是因為不曉得米蕾娜會在什麼時候說動拜蕾塔離家，所以才想趁早把她趕出去吧？

公公不知道兒子為什麼會跑來干涉他明明就一點都不感興趣的女兒的婚約，因此這件事情暫且保留。他一旦得知背後動機，想必會延宕這件事情吧？對討人厭的兒子，公公不可能錯過可以找碴的絕佳機會。

就只有身為當事人的小姑，還不知道在這麼複雜的背景下出現的婚約事宜，總覺得也滿好笑的。

不知道這個可愛的小姑究竟會在什麼時候辦婚禮呢?拜蕾塔一邊想著,嘴角也跟著揚起笑容。

「妳的心意讓我非常開心,但米蕾娜也要得到幸福喔。」

「哎呀,這是當然。我可是身受姊姊大人的疼愛呢。要是遇到奇怪的對象,妳也會幫我趕跑對吧?」

看著米蕾娜理所當然地點點頭,看來她也在不知不覺間澈底成為一位強悍的淑女了。可愛的小姑無論何時都這麼惹人疼愛。

而且還強悍又令人自豪。

一點都不會像我們這樣。

拜蕾塔不禁遙望著遠方,回想起昨晚的事情。

「我下星期好像就要被派到西南部去了。」

「西……南……?」

「鄰國的軍隊好像偷偷跨越國境的樣子。大概看準了國內發生政變的現在是絕佳的時機吧。」

安納爾德低沉穩重的嗓音，讓人聽了就感到很舒坦。

雖然這麼想，但為什麼總是挑在腦袋無法好好思考的時候，說這種重要的事情呢？

為什麼要挑在兩人赤裸裸地在夫妻的寢台上交纏的時候說啊！

帶著怒氣朝他瞪了一眼，他便輕笑了一聲並揚起嘴角。

「啊，不好意思，我並沒有要疏忽讓妳感到歡愉這件事喔。」

「不是……呼、啊啊！」

想抱怨「自己絕對不是這個意思」的話語，也變成嬌嗔。

這個丈夫無論何時都是這麼自作主張，根本沒有要聽妻子說話的意思。總是這樣單方面地說，沒有想要得到回應。他的愛也是這樣。不斷地付出，然後逕自感到心滿意足。

然而怒火被歡愉給帶過去，讓思考換了個方向。

說不完整的話語在他的理解中似乎是不同意思。他緊緊地抱住妻子。

這動作讓人在高潮中翻騰不已。

也對眼前這個一臉幸福地注視著的丈夫湧現殺意。

「我愛妳，拜蕾塔。」

就算他這樣熱切地耳語，自己也下定決心不會輕易受到他的懷柔。

即使如此也不在乎的安納爾德，就像在表達絕對不會再次鬆手一般，更使勁地抱緊拜蕾塔。

「請妳再寫信給我吧，只要是妳寫下的信，無論內容是什麼，我都會很開心。」

「我會寫……最討厭……你了！」

「呵呵，謝謝妳。」

一邊想著這個人是不是欠揍啊，拜蕾塔同時注視著丈夫的側臉。儘管貼合在一起，他也是同樣注視著自己。

要穩住漸漸融化的思緒相當辛苦，甜蜜酥麻的感覺侵蝕全身，攪亂了情感。

一想到有段時間無法跟他見面就覺得寂寞的這種念頭，肯定只是錯覺；會眷戀這股熱度及重量的心情，也絕對是一場誤解。

在拜蕾塔心中懷抱夢想的少女正在哭泣，竟然會想仰賴對方，自己也真是變得如此脆弱不堪了。

俗話說戀愛會使人變得愚昧，沒想到還會變得軟弱。

即使如此丈夫一副不會讓自己感到寂寞的模樣，看了就令人火大，因此固執地想著

「絕對不會向本人坦言」。

然而丈夫開心地揚起竊笑。

「所以說，今晚請妳陪我到天明喔。」

不要以為這樣就能合理化好嗎！

這句埋怨在親吻中化了開來，結果還是沒能說出口。

就算一點都不坦率；就算固執地不斷埋怨；就算直接說出最討厭他這種話。

安納爾德還是會緊緊抱住自己，嘴上更說著「我愛妳」。

因為他會原諒這個依賴丈夫的自己。

不管怎麼說，這些還是令人不禁感到幸福。

在拜蕾塔心中的少女仍然寂寞地哭著，卻也知道自己對於這個結果感到心滿意足。

即使兩人一直都是平行線，但這肯定也是我們這對夫妻的形式。

竟然會覺得這樣也滿不錯的，一邊想著看來自己早就深陷其中，拜蕾塔還是接受了丈夫的親吻。

同時也沉醉於這道幸福的滋味裡。

終章　最愛的妻子捎來的信

站在斯瓦崗伯爵家的玄關，並放下背上的行囊。

睽違半年回來的自己家，靜靜地矗立在眼前。沒有聯絡任何人自己要回家，就這麼走了回來，當然不會有人前來迎接。對此心知肚明的安納爾德，如此環視四周。

本來就打造得廣闊的玄關，用粗大的柱子撐起挑高的天花板，看起來感覺更是寬敞。連通到家裡的走廊、通往二樓的階梯，以及裝飾在玄關的鮮花位置，都跟記憶中一樣，這才總算鬆了一口氣。

一般來說並不會發生什麼爆炸事件。而且也沒收到報告，只是當時的焦躁與不安至今還在自己心頭留下一道陰影。

「歡迎回來，少爺。」

「嗯。」

察覺到聲響而現身的管家安里，揚起沉著的微笑並上前迎接。

杜諾班在幾年前退休之後，就帶了他的姪子過來接任。他是個曾在其他人家工作過，累積不少經驗且很有實力的男人。跟杜諾班一樣，既沉穩又文靜，不會多嘴，但也不會一板一眼。

唯一令人在意的地方，就是他還很年輕這一點。畢竟，他跟拜蕾塔的年紀相仿。

雖然是無能為力的現實，但妻子應該也不是很介意。然而，自己還是會忍不住掛念起許多瑣碎的事情。要是妻子有那麼一點喜歡他怎麼辦？唯獨年紀這件事情真的沒轍。要是拜蕾塔希望安納爾德可以年輕一點……如果是努力就能解決的事情，就算要拚命也在所不惜。畢竟無論如何都希望多少能討妻子一點歡心。

這時傳來「喀」的一道腳步聲，安納爾德移開視線看去。正緩緩走下樓梯的一位少女忽然發現了自己，停下腳步。

她有著一頭遺傳自母親的莓果粉金髮，並眨了眨跟自己一樣的祖母綠眼，用不帶感情的平靜語氣說：

「哎呀，父親大人，歡迎回來。這次的戰爭也辛苦你了。看到你平安歸來，真的很令人開心。」

「嗯，我回來了。那個……」

「母親大人在書房工作喔，但我覺得你現在不要去打擾她比較好。畢竟正是很重要的時間嘛。」

少女用一副深知自己只對妻子感興趣的口吻這麼說完，感覺很逗趣地勾起微笑。

長女艾梅蕾塔。

外貌與妻子十分相像的她，光是揚起魅惑的微笑，就足以獨占周遭其他人的目光。最糟糕的是，這個少女的個性也跟自己很像，明明對於情感相當遲鈍，卻又擅於觀察對方細微的情緒變化。

她能明確地掌握露出怎樣的表情能迎合對方的喜好，或是對方討厭什麼樣的反應。才十歲而已，真是個可怕的孩子。好像就連身為伯爵家宗主的父親，也是被她玩弄於股掌間。

不過，艾梅蕾塔剛才這番話才是重點。

「重要的時間……」

雖然明白，當安納爾德大步跑上二樓之後，還是立刻打開了妻子工作的書房。

「雷納爾德，沒有先敲門不能直接開門喔。」

映入眼簾的，是個將一頭莓果粉金的長髮整齊盤起來的妖豔美人。

她站在窗邊，目光也沒有抽離手中的資料，就這麼呼喚著六歲兒子的名字。安納爾德大步走向這樣的妻子，並緊緊抱住她纖瘦的身軀。

「呀啊！安、安納爾德？」

「請不要把我跟兒子搞錯了。」

「不好意思，因為最近那孩子也會隨便闖進書房……歡迎回來。這次可以滿快就平定紛爭，真是太好了呢。」

有著一頭灰髮及紫晶色雙眼的兒子，就跟妻子一樣調皮，對各種事情都抱持著濃厚興趣，而且四處跑來跑去的。想必就連妻子工作的書房，對他來說都是其中一個玩樂的地方吧。

妻子雖然語氣溫柔地回應，卻不願回抱過來。

「拜蕾塔，無論妳再怎麼掩飾，我也知道妳正在看情夫寄來的信。」

「請你不要那樣稱呼蓋爾先生送來的報告。而且我們不是約好，你不會妨礙我工作嗎？」

「就算以睽違半年回到家的丈夫為優先，也不算是打破我們之間的約定。」

「是是是，准將閣下很怕寂寞呢。」

「我只是太眷戀心愛的妻子而已。」

安納爾德伴隨著淺淺的嘆息這麼低語之後，紅著臉的拜蕾塔就不禁輕顫了一下。

經歷幾處戰場之後，回過神來就升遷至准將了。不過近幾年來這地位都沒有改變就是了。位居高層的人員沒什麼變動也是有好有壞。

那個惡魔般的上將依然是上將，動不動就把好用的自己送去前線作戰。

害得自己都沒時間好好待在家裡與家人相處，這次也是睽違了半年才回來。妻子的成分嚴重短缺，再不趕快補給就要不能呼吸了。

享受了一番她纖瘦卻柔軟的身體，拜蕾塔便紅著臉嘆了一口氣。

「安納爾德，你真的很壞心眼。」

「我明明是說出真心話，沒想到會被這樣批評。」

淺淺笑了笑便留下一記輕吻。

不管到了幾歲，妻子都是這麼可愛。究竟是要怎麼做，才能讓這份情感平靜下來呢？還是說一輩子都是這樣了啊？總覺得是其他情感都不動於衷，才會像這樣取得平衡。

「我有收到妳的信，所以更覺得思念不已。」

「是你要我寫信給你的吧？」

「已婚的朋友總是會向我炫耀，讓我好生羨慕。可是一旦真的收到最愛的妻子寄來的信，在感到開心的同時，卻也覺得悲傷，並思念起來。」

「你這個人還真是傷腦筋。」

苦笑之後，便給她送上一記格外溫柔的吻。

吻上她，並得到回應。這樣總算讓人實際感受到活著真好。

自己總是把妻子寄來的信收在內側口袋裡，現在也是夾在跟她之間，被緊緊地擠著吧。

自從第一次在戰場上收到她的信之後，過了十一年。

每一封信都很珍惜地收著，全都是自己的寶物。

話語這種東西真的很不可思議，感覺就連蘊含在字句當中的情感都能傳達。

光是讀著信，就能感受到人不在身旁的妻子。

以前她雖然說要寄寫著「最討厭你」的信過來，然而一次都沒有收過這樣的內容。

都是告知近況，以及惦念著自己在戰場上的日子，撰寫下平穩的心境並寄送過來。

無論在戰場上感到多麼心寒寂寥，只要讀了妻子寄來的信心情就會趨於平靜，真的是很不可思議。總算可以理解朋友會想炫耀的原因。

像這樣回到家裡，就能切身感受到幸福。

平凡無奇的日常生活是多麼美好。有心愛的妻子迎接自己歸來，又是多麼幸福。

「我愛妳，拜蕾塔。」

「但我很討厭妨礙我工作的人喔。」

從妻子瞪了過來的表情中就能看出她是認真的。根據過往的經驗，要是再妨礙下去肯定會惹她生氣。

「那麼，晚點妳可要好好陪我喔。」

「可沒辦法一路奉陪到早上。」

「那就到黎明時分吧。」

「這就叫到早上了吧。」

看樣子她沒有要退讓的意思。

「好好慰勞一下睽違半年從戰場上歸來的丈夫，也不為過吧？」

「我這麼說的意思，就是慰勞你的辛勞，所以請好好休息一下啊。」

「好吧。」

放棄今天讓她奉陪到天明，相對的，明天就抱她一整天吧。暫且退讓一步、重整態勢，也是一種有效的戰略。

反正到了明天，她也是自己的妻子。

依然會一直給予自己身為丈夫的權利。

現在乾脆先回房間整理行囊，重新讀一次妻子寄來的那些信件也不錯。雖然都已經反覆看了好幾次、內容全部記得了，還是覺得不管看第幾次，都會有股暖意湧上心頭。

「好像有種危險的感覺呢。」

拜蕾塔在自己懷裡露出一臉狐疑的表情。一邊覺得她這麼說還真過分，安納爾德一邊揚起滿臉笑容。

結果令人費解的是，她竟然對於自己流露的笑容感到膽怯。現在也是僵著臉，畏畏縮縮地注視著自己。

「今晚我會忍耐的。」

所以說，明天請多花點時間陪我喔。

她似乎正確地看穿了笑容底下的這個念頭。

拜蕾塔於是深深嘆了一口氣。那真是好大好大的一口嘆息。

「拜託你要手下留情喔。」

長官說過，日子會變得很有趣。

直到現在，自己也覺得莫弗利這個長官所說的話，就某方面來說是對的，但另一方面來說則並非如此。

雖然並非如此，依然是正面的意思。

妻子對自己來說既是幸福，也是讓人回想起情感的存在。

不只是欣喜、怒火，還是悲傷。要是沒有她，自己甚至連快樂都感受不到。

能遇到這樣的人，能成為她的丈夫，真的只有滿心的感謝。

所以，就算是自己這樣的人，也不禁祈禱這樣的日子可以持續下去。不過，都踏遍了數個戰場，奪走上千人的性命，事到如今大概不會有這麼順心的事情。即使如此，自己什麼時候喪命都沒關係，但絕對不願比她晚離世。一想到在那之後的人生就不禁感到恐懼，也是妻子給予的情感。

那雖然令人害怕，但也更添憐愛。

說到頭來，無論如何都只會連結到深愛著她的感情。

「我當然會讓步，但累積了半年的想念，說不定也會讓人失控吧。要不然，就來下個賭注好了？我要是輸了，可以忍耐下來只抱著妳睡就好喔。」

「不，不必了。我已經下定決心再也不想跟你打賭了。」

面對她果斷的拒絕，安納爾德不禁深感困惑。

「妳已經不想再跟我玩了嗎？」

「我一點也不認為至今那些賭注的內容，可以用『玩』帶過去就是了。而且我們約定好的事情已經夠多了吧？」

平常總是會提出賭注，要是安納爾德贏了，就會變成約定。

例如回到家的第一件事情就是親吻。

例如要面帶笑容迎接丈夫歸來。

例如只要想要，就得讓丈夫緊緊抱入懷中。

只要賭贏了，就能將日常生活中一些撒嬌般的瑣碎請求變成夫妻之間的約定，如此一來固執的妻子也會不甘不願地配合，這讓人感到相當開心。

難得自己都想到一個絕對會獲勝的賭注，妻子卻好像因為接連的敗北而感到厭煩。但無論怎麼拜託妻子都不肯答應，這也是沒辦法的事情。不過根據她的說法，似乎是自己的欲求太多就是了。

不過安納爾德還是認為，這都要怪妻子太可愛了。

「那麼，明天再聽妳說這半年來的事情吧。」

「我都有寫在信上了吧？」

「我想聽妻子親口說呢。」

「這樣豈不是用不著寫信了？」

「妳在說什麼啊？請不要奪走我的寶物好嗎？」

打從心底發出冷顫地這麼回應之後，拜蕾塔睜大雙眼，感覺很逗趣地揚起微笑。

「那些是寶物？」

「當然，是我的寶物。」

坦率地肯定之後，妻子有些害臊地吻了過來。

從第一次寄到戰場上的那封信件開始。自那第一封信到現在，全都是寶物。

而且我的寶物，往後還會越來越多。

因為寫下兩人不斷走下去的未來的信件，她還是會繼續寄下去。

後記

初次見面，大家好，我是久川航璃。

非常感謝各位購買本作。這部作品，是將發表過的網路小說經過潤飾及修正而集結成冊。簡單來說，內容就是個被自己放任不管的妻子耍得團團轉，然後在不知不覺間對愛情產生自覺的男人的故事。女主角則是在毫不自知的情況下把丈夫耍得團團轉，明明只是盡全力去做自己想做的事情，卻讓丈夫逕自越陷越深。

想在這個故事中擷取出一段文案是相當困難的事情，因為實在塞了太多元素進去，那些內容連作者自己都搞不太懂了。因此當我收到非常簡潔又好懂的文案時，真的覺得編輯大人實在太厲害而感動不已。

本來只是隨心所欲地寫下的內容，在由這方面的各個專家經手過之後，成了一部可以順暢閱讀下去的作品。只要是讀過網路小說版本的讀者，想必可以看得出其中的差異。畢竟就連作者自己也一再產生「哦哦，感覺好像市售小說喔」這樣的感想。

因此看到作品可以像這樣印刷成書籍，真的是感慨萬千，處處都是道不盡的感謝。在此向從網路連載時就在捧場的讀者、非常有耐心陪我改稿的編輯大人、畫出一如我想像中封面插圖的あいるむ老師，以及所有提攜本作的各位致上由衷的謝詞。更重要的是，真的很想將滿心的感謝傳達給看上這部作品的所有人。

常說永遠不會知道人生中會發生什麼事情，但我真的沒有想過從小的夢想竟然有實現的一天，真的非常感謝給予我這麼難能可貴的機會。好幾次都懷疑可能只是在作夢或碰上詐騙集團的過去，現在想想也成了美好的回憶呢。雖是這麼說，但直到現在還是覺得一切就像發生在遙遠世界彼方的事情，即使實際看到書籍也覺得很不真實就是了。

大概就是這種感覺，完成了這部超出作者本人實力的作品，期望可以多少打動各位的心。

最後，雖然世間上有許多煩雜的事情，還是希望購買本書的讀者們多少可以度過祥和美好的時光。

謝謝大家！

國家圖書館出版品預行編目資料

致未曾謀面的丈夫，我們離婚吧！/ 久川航璃作；黛西譯．-- 一版．-- 臺北市：臺灣角川股份有限公司，2023.11-
冊；　公分
譯自：拝啓見知らぬ旦那様、離婚していただきます
ISBN 978-626-378-008-8(下冊：平裝)

861.57　　112013215

輕文學
Light Literature

致未曾謀面的丈夫，我們離婚吧！〈下〉

原著名＊拝啓見知らぬ旦那様、離婚していただきます〈下〉

作　　者＊久川航璃
插　　畫＊あいるむ
譯　　者＊黛西

2023年11月6日　一版第1刷發行

發 行 人＊岩崎剛人
總　　監＊呂慧君
總 編 輯＊蔡佩芬
主　　編＊李維莉
美術設計＊林慧玟
印　　務＊李明修（主任）、張加恩（主任）、張凱棋

台灣角川

發 行 所＊台灣角川股份有限公司
地　　址＊104台北市中山區松江路223號3樓
電　　話＊（02）2515-3000
傳　　真＊（02）2515-0033
網　　址＊www.kadokawa.com.tw
劃撥帳戶＊台灣角川股份有限公司
劃撥帳號＊19487412
法律顧問＊有澤法律事務所
製　　版＊尚騰印刷事業有限公司
I S B N＊978-626-378-008-8